世界最速のレベルアップ２

八又ナガト

角川スニーカー文庫

22764

STATUS PARTY EQUIPMENT ITEM MAP

THE WORLD'S FASTEST LEVEL UP 2

CONTENTS

Illustration: fame

Graphic Design: Kai Sugiyama

プロローグ

夢を見た。
それは、数年前の記憶。

かけがえのない、大切な人たちがいた。
皆で過ごす時間が、何よりも幸せで。
そんな幸せな日々がこれからも続くのだと、幼い頃の自分は無邪気に信じ込んでいた。
だけど現実は残酷で。
どうしようもない絶望が、呆気《あっけ》なく、容赦なく降り注いできて。
信じられなくて。受け入れるのが怖くて。
立ち上がることもできなくなって。
ずっと自分の世界で塞ぎこんでいた。
――そんな自分のそばには、いつも兄がいてくれた。
落ち込み、絶望する自分の隣に、ただじっと居続けてくれた。

それだけで、不思議と自分は一人ぼっちじゃないと思うことができたんだ。

そして最後には、彼が差し伸べてくれた手を掴《つか》み、こうして立ち直ることができた。

ありがとう、って。今でもずっと、感謝の気持ちを抱き続けている。

だけどそれと同時に、一つだけ心残りがあって。

それは、きっと――――

◇◆◇

鳥のさえずりによって、天音《あまね》華《はな》は目を覚ました。

寝覚めは悪くない。ただ少し、気になることはあるが。

「……うーん。何か、懐かしい夢を見ていた気がするんだけど」

何の夢を見ていたのかは思い出せない。

悲しいような嬉《うれ》しいような、不思議な感覚が胸いっぱいに広がるのを感じた。

ふと、視線を横に向ける。

そこにある時計は、いつも起きる時間よりも約三十分遅い時刻を示していた。

「……へっ？」

数秒間、頭が真っ白になった後、華はようやく状況を理解した。

「ち、遅刻しちゃうっ！」

飛び跳ねるようにして起き上がると、慌てて学生服に着替える。

そのまま洗面所に向かうと、顔を洗い、髪を整えた。

そして急いでリビングに向かうと、そこには兄——凛《りん》の姿があった。

凛の前には空のお皿が、その向かいにはトーストが載った皿が一枚置かれていた。

「おはよう華、遅かったな」

「おはようお兄ちゃん——じゃなくて！　早く起きてたんだったら起こしてよっ」

「いやあ、華が寝坊するのって珍しいからつい。トースト焼いておいたけど、食うか？」

「もうっ！　いただきます！」

席に座り、パクッと口に運ぶ。

どれだけ時間がなくても、朝食はしっかり食べる。それが天音家の家訓なのである。

そんな華を見てくすりと笑った凛は、立ち上がってこちらに近付いてくる。

「おにいひゃん？」

「髪、まだ結べてないだろ。俺がやるよ」

「……ん」

華が普段使っている赤色のリボンを手にした凛は、慣れた手つきで華の髪を結ぶ。

華もまた、自然な流れで凛に任せた。

（……なんか、こういうの久しぶりだな）

昔のことを思い出して懐かしさを覚える。そんな状況になんだか気恥ずかしさを感じながら、華はテレビに視線を向けた。

ちょうど今はダンジョン特集をやっているようで、様々な話題が上がっている。

他県で新しいダンジョンが出現したため、初攻略に参加する高ランク冒険者を募集中だとか。

ここから程近いBランクダンジョンで、魔物を使役できるという優秀なユニークスキルを持つテイマーが不審な死を遂げたとか。

新たに日本人から、世界でも二桁しかいないSランク冒険者が現れただとか。

そんな様々なニュースが流れる中、華が注目したのは一つの話題だった。

『今年度より冒険者に登録できる年齢が十六歳に引き下げられたことにより、ダンジョンに挑戦する者が増えると見込まれており——』

（……やっと、この時が来たんだね）

ずっと昔から、決めていたことが一つある。

それにようやく挑戦できる機会がきたんだ。

心の中で、強い決意を抱く。

「よしっ、これでオーケーっと」

そんなことを考えていると、頭上から凛の声が降り注いでくる。

どうやら髪を結び終えたようで、確かめてみると確かにポニーテールになっていた。

「ありがと、お兄ちゃん」

「おう」

「――って、しまった、もうこんな時間！　それじゃ行ってくるね！」

「ああ、行ってらっしゃい」

一欠片《ひとかけら》になったトーストを口の中に放り込み、慌てて家を飛び出していく華。

凛は軽く笑いながらそれを見送る。

そんな風にして、また新しい一日が始まるのだった。

第一章　レベルアップの日々

約二十年前。突如として世界中に地下迷宮――ダンジョンが出現した。

その結果、人類はレベルにステータス、そしてスキルという超常的な力を手に入れた。

かつてはゲームやアニメの世界にしか存在しなかった概念が現実のものとなり、多くの者が大金、名声、権力を求めて冒険者を目指した。

動機こそ異なるものの、俺――天《あま》音《ね》凛《りん》もまた冒険者のうちの一人である。

幼い頃のある二つの経験から、誰かを守れるような力が欲しいと考えていた。

そんな俺が冒険者になった時に入手したのは、【ダンジョン内《ない》転《てん》移《い》】というユニークスキルだった。

ダンジョン内を自由に転移できるという規格外のスキルであるものの、様々な使い勝手の悪さから一時は無能スキルと思われた――が、それも過去の話。

スキルレベルが10になったのをきっかけに、ダンジョン内転移の真価が発揮されるようになり、特別な方法でのレベルアップが可能になった。

その結果、俺は以前までとは比べ物にならないほどの速度で強くなり、大切な人たちを脅威から守ることもできた。

だけど、ここで満足するつもりはない。

俺が目指す場所は、まだまだ遥《はる》か高みにあるのだから。

そんな意志のもと、俺は今日もまたダンジョン攻略を続けるのだった――

◇◆◇

『ダンジョン攻略報酬　レベルが2アップしました』

『貴方《あなた》は本ダンジョンを規定回数攻略しました』

『ボーナス報酬　レベルが5アップしました』

『今後、貴方が本ダンジョンを攻略しても報酬は与えられません』

【剣崎《けんざき》ダンジョン】における迷宮崩壊《ダンジョン・コラプス》から三日後。

脳内に響き渡るシステム音を聞き、俺は弾んだ声を出す。

「よし、きたきた！　これで五つ目のダンジョン踏破だ！」

現在、俺がいるのはEランクダンジョン――【有川《ありかわ》ダンジョン】であり、ちょうど踏破を終えたタイミングでもあった。

ではそもそも、ダンジョン踏破とは一体何なのか。

俺はステータス画面からそれに該当する称号を確認する。


【ダンジョン踏《と》破《は》者《しゃ》（5／10）】
・ダンジョンを踏破した者に与えられる称号。
・特定数のダンジョンを踏破することによって、ある恩恵が与えられる。

以前、とあるダンジョンを攻略した際に入手した、恐らくは世界で俺しか知らないであろう称号。それがこの【ダンジョン踏破者】である。

システム曰《いわ》く、同じダンジョンを一定回数攻略することが踏破の条件であり、踏破したダンジョンの数が10に到達すれば何かしらの恩恵が与えられるのだとか。

どこまで信じていいか眉唾物だが、ひとまず俺はこの条件を達成することを目標にダンジョン攻略を行っていた。

ダンジョンは一度攻略すると、再挑戦期間《スパン》によって一週間はダンジョンに入れなくなる。

その問題を解決してくれるのがダンジョン内転移なのだが、このスキルには発動条件があり、俺が一度でも足を踏み入れたことのあるダンジョンに対してしか発動できない。

その条件を満たす中で、まだ踏破を終えていないダンジョンはここ有川ダンジョンだけだったため、五つ目の踏破対象になったというわけだ。

そして三日間周回を続けた結果、１４８回の攻略に成功。

過去に二回攻略していたことを合わせれば計１５０回の攻略を終えたタイミングで——

つまりたった今、踏破を知らせるシステム音が鳴り響いたのである。

「さて、ここからがお待ちかねの時間だ」

そう呟《つぶや》きながら、俺はステータス画面を確認する。

するとこの三日間で計３０１レベルアップし、俺のレベルは３１５６→３４５７に。

ＳＰ《スキルポイント》は７０１０まで溜《た》まっていた。

「あとはどのスキルにＳＰを振り分けるかだが……」

戦闘に役立つスキルを上げるのもいいが……しばらくは安全に攻略できるダンジョンを周回するつもりなので、そこまで優先度は高くない。

「となると、やっぱりこっちか」

俺はステータス画面の中から、あるスキルに視線を向けた。

――保有スキル――

ダンジョン内転移LV12→LV13（必要SP：１５００）

【ダンジョン内転移LV12】

使用MP：３MP《マジックポイント》×距離（M）。

条　件：発動者が足を踏み入れたことのあるダンジョン内に対してのみ転移可。

転移距離：最大で50メートル。

発動時間：１秒×距離（M）。

対象範囲：発動者と発動者が身に纏《まと》うもの。

ユニークスキル――ダンジョン内転移。

俺を特別たらしめてくれる、何よりも大切なスキル。

このスキルがLV10になったタイミングで覚醒したことにより、俺にしか許されない特別な方法でのレベルアップが可能となった。

次に大きく性能が上昇するのはLV20になったタイミングだと予想している。

そのためダンジョン踏破者の恩恵が与えられる条件を満たすことと同様に、このスキルをLV20に上げることもまた、今の俺が掲げている目標なのだ。

そんなわけで、俺は今ある７０１０ＳＰのうち６０００ＳＰ（LV13↓LV14には２０００ＳＰ、LV14↓LV15には２５００ＳＰが必要だった）を使用し、一気にダンジョン内転移のスキルレベルを12↓15に上げた。

その結果——


『ダンジョン内転移のスキルレベルが13に上がりました』

『転移距離が変更されます』

『最大で50メートル↓最大で１００メートル』

『ダンジョン内転移のスキルレベルが14に上がりました』

『使用ＭＰが変更されます』

『３ＭＰ×距離（Ｍ）↓２ＭＰ×距離（Ｍ）』

『ダンジョン内転移のスキルレベルが15に上がりました』

『転移距離が変更されます』

『最大で１００メートル→最大で２００メートル』

【ダンジョン内転移LV15】
使用ＭＰ：２ＭＰ×距離（Ｍ）。
条　件：発動者が足を踏み入れたことのあるダンジョン内に対してのみ転移可。
転移距離：最大で２００メートル。
発動時間：１秒×距離（Ｍ）。
対象範囲：発動者と発動者が身に纏うもの。

――とまあ、こんな感じになった。

「スキルの成長度合いとしては、想像通りといったところかな」

この段階ではまだ、大量のＳＰを使用した価値があったとはとても言えない。

それでも俺にとってこのスキルは特別なため、今後もレベルは上げていくつもりだ。

まあ今後のことを考えたら戦闘系のスキルもある程度は上げておきたいし、優先度を下げるくらいはあるかもしれないけどな。

「何はともあれ、今できることはこれくらいか」

有川ダンジョンの踏破を終えたことによって、残る踏破数は五つになった。

十個に届いた時、いったい何が起きるのか今から楽しみだ。

「よし、そんじゃ明日からも気合を入れてまた頑張るぞ。おー！」

と、俺は改めて気合を入れるのだった——


「スパンがあるから無理だったわ」

家に戻ってきた俺は、自室にてそう呟いた。

せっかく数時間前に気合を入れたばかりなのに……まあ、忘れちゃってたものはしょうがないよね！

そんな言い訳を心の中でした後、改めて状況を整理する。

俺がこれまで挑戦したことがあるのは、紫音《しおん》ダンジョン、有川ダンジョン、夕凪《ゆうなぎ》ダンジョン、夢見《ゆめみ》ダンジョン、それから剣崎ダンジョンの五つ。

今日でその全ての踏破を終えてしまった。

他のダンジョンに挑戦するには、一週間の再挑戦期間が必要となる。

「やっぱり剣崎ダンジョンに行く前に、他のダンジョンも回っておくべきだったのかな」

過去の自分の判断が間違っていたんじゃないかと不安になってしまう。

実際に攻略はせず幾つものダンジョンに挑戦だけしておけば、スパンを待つことなく次のダンジョンの踏破を目指すことができただろう。

「ただまあ、それは終わった今だからこそ言える結果論かもな」

少なくとも剣崎ダンジョンに挑む前の俺は、きちんとした目的を持った上でその判断をしたのだから。

というのも、Cランク以上のダンジョンでは初挑戦時にボーナス報酬をもらえるダンジョンが多いため、できればそれらを入手したいと考えていた。

しかし今改めて計画を練り直してみると、そうする必要はないことに気付いた。

「俺が挑戦するつもりだったCランクダンジョンでもらえるボーナス報酬は長剣だったり短剣だったりしてどれもかなり優秀なんだけど……それ以上のものを、もう手に入れちゃったんだよな」

それ以上のものとは、もちろん無名剣《ネームレス》のことだ。

称号【無名の剣豪】の効果も相まって、既にかなりのチート性能になっている。

俺がオークジェネラルを討伐できたのも、この剣によるところが大きい。

そのため、今の俺は刀剣類がボーナス報酬になっているダンジョンを無理に攻略する必要がないのだ。

「結果的にはこれでよかったってことだよな。剣崎ダンジョンでレベルを上げたおかげで、新たに入れるダンジョンも増えただろうし」

ダンジョンに入るためにはゲートと呼ばれる入り口を通らなくてはならないが、そこを通るにはダンジョンごとに定められている制限レベルを超えている必要がある。

先に剣崎ダンジョンを攻略した結果、入れるダンジョンが増えたのだから、結果としてはトントンと言ったところだろう。

「状況の整理はこの程度で大丈夫か」

となると、残る問題はこの一週間の過ごし方なのだが……

「本当は剣崎ダンジョンでひたすらレッドボア狩りでもして金を稼ぎたいところだけど、消滅しちゃったからな……だからと言って、いまさらDランクダンジョンに潜ったところでレベルアップはできないだろうし、金も大して稼げないだろう。仕方ない、久々にゆっくり休養でもするか！」

ここ一か月と少し、ほとんど休みなくダンジョンに潜り続けていた。

たまには長めに休んでも文句は言われないだろう。

そんなこんなで、俺は一週間の休暇を取ることにしたのだった。

それから三日後。

黒崎零《くろさきれい》から連絡がきたのは、ちょうど休暇に飽きてきたタイミングだった。

【天音　凛】

レベル：3457　SP：1010

称号：ダンジョン踏破者（5／10）・無名の剣豪・終焉《しゅうえん》を齎《もたら》す者《もの》（ERROR）

HP《ヒットポイント》：27680／27680　MP：6890／6890

攻撃力：6980　耐久力：5460　速　度：7470

知　力：4810　抵抗力：5130　幸　運：4720

スキル：ダンジョン内転移LV15・身体強化LVMAX・剛力LVMAX・金剛力LV3・高速移動LVMAX・疾風LV3・魔力上昇LV2・魔力回復LV2・索敵LV4・隠密《おんみつ》LV4・状態異常

◇◆◇

零から連絡があった翌日、俺は家からほど近いカフェに向かっていた。

どうやら零が住んでいるところは俺の家からそれなりに近いらしく、ここが待ち合わせ場所になったのだ。

カフェに入ると、既に零はきていた。

「凛、こっち」

「悪い、待たせたか？」

「ううん、わたしも今来たところだから」

なるほど、これが模範解答なのか。

俺は以前、由衣《ゆい》と待ち合わせした時のことを思い出しながら「ほう」と感心した。

「いきなり連絡してごめん。忙しかった？」

「いや、それは大丈夫だ。それに俺もちょうど零に会いたいと思ってたしな」

こちらとしても、色々と確認しておきたいことがあった。

だからこのタイミングで話をする機会を設けることができたのはありがたい。

そんな意図を込めた返答だったのだが、

「っ！　そ、そうなんだ。なら、よかったけれど」

「？」

風邪気味だったりするのだろうか？　なぜか零は頬《ほお》をわずかに赤く染めていた。

理由が気になるところだが、それより優先すべきことがある。

店員がドリンクを持ってきたタイミングで、俺は尋ねたかったことを口にした。

「零はあれ以降、風見《かざみ》たちと……キング・オブ・ユニークの皆と話したりはしたのか？」

「うん、ちょうど昨日。それもあって、今日凛を呼んだ」

「なら聞かせてくれるか？　アイツらがあの後、どんな様子だったのか」

「どんな？」

「ああ。自分たちがオークジェネラルを倒したと聞いて何を思ったかが気になるんだ……変に増長したり、また零が巻き込まれたりするのも避けたいからな」

もともとプライドの高い風見たちだが、自分たちが格上の魔物を討伐したと聞き、どんな反応をするのかずっと気になっていた。

これが下手な成功体験となって彼らを増長させることになったら目も当てられない。

オークジェネラルを風見たちが倒したことにしようと判断したのは俺だ。だからこそ、そうならないようにする責任が自分にあるのだと俺は考えていた。

そう思っての問いだったのだが、零の返答は意外なものだった。

「……それについては、問題ないと思う。パーティーは解散することになったから」

「解散？」

予想外の言葉に首を傾《かし》げていると、零は続ける。

「うん。昨日、風見さんから話があったの。自分の判断によってパーティーの皆を危険な目に遭わせたことへの謝罪と、そんな自分がこれから先もリーダーを務める資格があるとは思えない。だからパーティーを解散するって」

「そんなことを本当にアイツが言っていたのか？」

以前までの風見からは考えられない行動に戸惑うも、零は肯定するように頷《うなず》いた。

さらに詳しく話を聞いて分かったのは、あの日の出来事が風見にとって想像以上に大きな挫折となったということだった。

優秀なユニークスキルを持った風見は冒険者になってからの一年間、危険とはほど遠い場所にいた。

それが今回の一件を通して、初めてダンジョンの恐ろしさというものを知ったのだとか。

それでも最後にはオークジェネラルを倒せた（ということになっている）のだから、案外簡単に立ち直ってもおかしくないと危惧していたのだが……

「それから、風見さんはこうも言っていた。オークジェネラルを倒したのは、本当に自分なのだろうか……って」

「っ、どういうことだ？」

「あの時、風見さんは自分とオークジェネラルの間に広がる実力差を理解していた。苦し紛れに魔法を放ちはしたが、それで倒せるとは思っていなかったみたい。だからわたしが説明したことにも、どこか納得がいかない様子だった」

「……なるほどな」

風見は思い込みが激しい奴《やつ》だが、決して頭が悪いわけではない。

冷静になって考えれば、その結論に至るのも自然なことだろう。

しかし、そうなると問題は誰が風見の代わりにオークジェネラルを倒したかだが……

「実際に誰が倒したかまで心当たりがあるわけじゃないんだよな？」

「うん。そもそもボス部屋の扉は、ボスが倒されるか挑戦者が全滅しない限り開かれない。ただ一つ例外があるとすれば……」

零が視線をこちらに向ける。

それを受けて、俺は首を横に振った。

「確かにその考えには至るかもしれないけど、風見は俺の実力を知っている。さすがに俺が都合よくあのタイミングで現れて、さらにオークジェネラルを倒せるだけの力があるとまでは思わないだろう」

「凛の言う通りだった。だから最終的には、風見さんは自分がオークジェネラルを倒したことを受け入れていた。だけどそれはほとんど偶然の産物で、あの状況を生み出した今の自分にパーティーを率いる資格はないと考えたみたい」

「その結果、パーティー解散に至ったと。他の奴らもその提案を受け入れたのか？」

「……うん。それだけ、あの出来事はわたしたちにとって衝撃的だったから」

「……そうか」

自信に満ち溢《あふ》れていた風見たちにしては意外だと一瞬思ったが、改めて考えればごく自然な判断なのかもしれない。

この世界にダンジョンが出現してから約二十年。

最初はごく限られた者たちが手探りでダンジョンを攻略していたものの、時が経《た》つにつれて一般の冒険者でも入手できるダンジョンの情報が多くなっていった。

ダンジョンごとに攻略方法が確立され、俺たちはそれに倣って安全を確保した上でダンジョンに挑むようになった。それでも無名の騎士《ネームレス・ナイト》などといったイレギュラーに遭遇することはあるが、それは極めて稀有《けう》な例だ。

ほとんどの冒険者は——高ランクであっても例外なく——安全を重視した攻略に努めた結果、一度たりとも命の危機に瀕《ひん》したことがないのが現況だ。本当の意味でダンジョンの恐ろしさを知っている者がどれだけいるだろうか。それを知ってもなお立ち上がろうとする者がどれだけいるだろうか。

これらを踏まえて考えれば、風見たちの判断は自然なことのように思えた。

今後も冒険者を続けるかどうかは分からないが、命を落とすことなく自分自身と向き合う機会を設けることができたのは、アイツらにとって良かったことのはずだ。

しかしそうなってくると、新たに気になる点が生じる。

「パーティーが解散したってことは、零は無所属になったってことだと思うが……これからどうするかは決めているのか？」

零が冒険者を続けるのか辞めるのか、今はそれが一番聞きたかった。

「……わたしは、冒険者を続ける。新しい目標もできたから」

「目標？」

「……凛には秘密」

零は少しだけ気恥ずかしそうに、顔を赤らめてそう言った。

気になったのは確かだが、無理に聞き出そうとも思わない。

「そうか……無理だけはするなよ？」

「……うん」

零は少しだけ寂しそうな、けれど何かを諦めたような表情で頷いた。

本当ならここで俺がパーティーに誘ったりできたらよかったのかもしれない。

けど、残念ながらそれはできない。

ダンジョン内転移は自分以外を対象として発動できない。

現時点でのレベル差も含め、パーティーを組めば零が足手まといになってしまうということを二人とも理解していた。

場を沈黙が支配する中、ふと零が自身のバッグに手を伸ばした。

「そう。忘れるところだった。これを凛に」

「ん？　なんだ……」

そう言いながら渡されたのは、五つの封筒だった。

そのうちの四つが分厚く、一つだけ半分ほどの厚さしかない。

てか、これってもしかして……

「零、まさかこれって」

「うん、現金。合わせて４５０万」

「４５０⁉　待て待て待て、なんでいきなりこんなもん渡されるんだ⁉　普通に怖いんだけど⁉」

慌てて封筒を零の前に置く。

しかし彼女は、すすっと再び俺の前までスライドさせてきた。

「説明を聞いて。あの日、凛がわたしたちに使ってくれたのは上級の体力回復薬だった。あれは最低でも一つにつき百万円はしたはず。それをパーティーの人数分使ってくれた。その分を返してるだけ」

そこまで聞いて、ようやくどういうことか理解できた。

しかし、一つだけ気がかりな点がある。

「事情は分かった。けど何で全員の分を用意できたんだ？　風見たちは俺がボス部屋に来ていたことを知らないはずだろ？　まさか零が全員の分を払おうとしてるわけじゃ……」

「ううん、そうじゃない。風見さんたちにはオークジェネラルを倒した時、皆も大《おお》怪我《けが》を負っていたから、唯一意識があったわたしが全員に回復薬を使ったと説明したの。それでお金もきちんと皆から返してもらった」

「なるほど、そういうことか」

実際に気絶するくらいのダメージを負っていたわけだし、その説明なら風見たちも納得するだろう。それにアイツらなら金銭的にもかなり余裕があるはずだし、百万くらいなら痛くもかゆくもないと考えるはずだ。

しかしそうなると、足りない残りの五十万は恐らく……

「ただ申し訳ないけれど、わたしの手持ちから今出せるのは半分だけだった。残りもすぐに返すから、待っていてほしい」

その言葉を聞き、俺は心の中でやっぱりかと呟《つぶや》いた。

とはいえ正直に言うと、零たちを助けたのは俺が勝手にやったことだし、金銭的に余裕がないのなら無理に返してもらう必要はないと考えていたんだが……ここまで聞いて無理に押し返すのは、逆に失礼にあたるだろう。

俺は一つ息を吐いた後、封筒を受け取った。

「分かった、そういうことならこれは受け取っておく」

「ありがとう、凛」

「俺が感謝されるのも少し違和感があるが……どういたしまして」

これでひとまずの用件は済み、その後は何気ない会話を楽しむ。

それから約三十分後、俺たちは解散することになった。

別れ際、少しだけ緊張した面持ちで零は言った。

「ねえ、凛。凛さえよければ、いつかまた一緒にダンジョンへ行きたい」

「……確かに、それは楽しそうだな」

俺と零にはかなりのレベル差があるため、ちゃんとした攻略を目的としたものにはならないとは思うが、それはそれで悪くないと思う。

その会話を最後に、俺たちはわかれる。

「じゃあまたな、零」

「うん。またね、凛」

俺と零はお互いに背中を向け、反対の道を歩いていく。

次に道が交わるのは、しばらく先のことになるだろう。

青色の空を見上げながら、俺はそう思うのだった。

◇◆◇

さらに数日が経ち、無事に一週間のスパンが終わった。

スパンが終わってからまず俺が行ったことは、これまで挑戦したことのないダンジョンを回ることだった。そうすることによってダンジョン内転移の条件をクリアし、今後はスパンの影響を無視してダンジョンを周回することができるようになるからだ。

自宅から通える範囲、かつレベル制限に引っかからないという条件を満たしているのはＥランクダンジョンが四つ、Ｄランクダンジョンが四つ、Ｃランクダンジョンが三つ。

冒険者が町中で力を発揮することは緊急時以外禁止されているため、公共交通機関を用いて幾つものダンジョンに挑戦していく。

その結果、二日という長い時間をかけたことにより、一つのＣランクダンジョンを除く十個のダンジョンを回ることができた。

そしてさらに翌日。

俺は最後の一つ——Ｃランクダンジョン【魔狼《まろう》ダンジョン】にやってきていた。

攻略推奨レベルは２０００とＣランクダンジョンの中では中級クラスであり、ゲートを通るための制限レベルは１０００となっている。

なぜ制限レベルと攻略推奨レベルにここまで差があるのかというと、理由は単純。

ダンジョンは難易度が高いものほど階層が多く、さらに階層が深くなるにつれて魔物のレベルも増していく。そのため浅層においては１０００レベルで戦えたとしても、深層では通用しないということが多々あるのだ。

ちなみに魔狼ダンジョンを最後に残した理由はもちろん、このダンジョンには初挑戦時のボーナス報酬があるからである。ちなみに初挑戦時であること以外にもクリアしなければならない条件があり、それが少々面倒だったりもするのだが。

「よし、やるか」

俺は改めて気合を入れると、魔狼ダンジョンの中に入っていくのだった。


それから約十分後、さっそく俺は魔物とエンカウントした。

赤色の毛並みが特徴的な、高さ１メートルほどの大きな狼《おおかみ》——ファイアウルフだ。


【ファイアウルフ】
・レベル：１２００
・防火性に優れた赤色の毛皮に包まれた、狼型の魔物。俊敏な動きと、口から放たれる炎が強力。

ファイアウルフには、これまで俺が戦ってきた魔物とは大きく異なる特徴が存在する。

「バウッ！」

「さっそくか！」

ファイアウルフの口から放たれた炎の塊を、軽いステップで回避する。

炎の塊は後方の壁にぶつかり、当たった箇所をチリッと燃やした。

そう、その特徴とはずばり魔法を使うかどうか。厳密に言えば俺たちがスキルで使用する魔法とは少し違うが、効果としてはほとんど同じだ。

実をいうと、俺は魔法を使う敵とほとんど戦ったことがない。

必然的に遠距離戦を強いられるため、正直苦手としているのだ。

例えば相手が人間の魔法使いならば、速度に頼って接近し近距離戦を押し付ければいいのだが、魔物の場合はそうもいかない。

魔法を使えるだけじゃなく、身体能力まで優れている場合が多いからな。

だけどいつまでも苦手とばかり言っていられない。

これから上のランクに行くにつれて、こういった敵は増えていくのだ。

少しでも経験を積み、俺なりの戦い方を見出《みいだ》す必要がある。

「――――ッ、いま！」

ただ苦手とは言っても、いま相対しているのはレベルが俺の三分の一の相手。

出会い頭の炎には驚いたが、冷静に立ち回れば相手にすらならない。

ファイアウルフが再び炎を放とうとした時に生まれた隙をつき、高速で接近する。

そして手に持つ無名剣を勢いよく振り上げた。

「グゥッ!?」

たった一撃でファイアウルフの首は斬り落とされ、その場に崩れ落ちていく。

「ま、この程度なら楽勝か」

小さくそう呟いた後、俺はファイアウルフの魔石を回収する。

その魔石が透明であることを確認した俺は、小さく肩を落とした。

「やっぱり一体目からレア魔石は出ないよな……」

このダンジョンに出てくるウルフ系の魔物からは、通常と違うレア魔石が取れることがある。例えばファイアウルフならば、炎属性の魔力を吸収した赤色の魔石といった風に。

レア魔石は高値で売却できるのだが、今回の俺の目的は金ではない。

このダンジョンのボーナス報酬を手に入れるためには、初挑戦時であることの他にもう一つ条件が存在し、それをクリアするためにレア魔石が必要なのだ。

しかも面倒なことに、必要なのは一つだけではない。

このダンジョンには魔法を使う狼型の魔物——魔狼が九種類存在するのだが、それら全てからレア魔石を手に入れなければならない。

「入手確率は一つにつきだいたい五十分の一って言ってたっけ？　先は長そうだな」

合計で五百体近くのウルフを倒さなければならないことを面倒に思いつつも、俺は先に進み続けるのだった。


「これで——百体目！」

ザシュッと、無名剣がこれで百体目となる魔狼の首を刎《は》ねた。

ちなみにファイアウルフの赤魔石は四十体目で入手できた。

いま倒したのはアースウルフだ。そのまま魔石を取り出すと茶色だった。

「よし、当たりだ！」

これでようやく二種類目をゲットした。

ただ、ここまで約一時間半もの時間を消費している。

このペースだと九つ集めるのに六時間以上かかりそうだ。

「まあ、本来ならパーティーで分担して集めるはずだからな。何時間以内にクリアしないといけないみたいな条件はないにしろ、長時間ダンジョンに潜り続けるのもあれだしもっと急ぐとするか」

今までは手当たり次第魔物を討伐し続けていたが、ここからはファイアウルフやアースウルフと戦う時間が無駄になる。もっと効率的に行くべきだろう。

というわけで、

「まずは索敵っと」

広範囲に索敵を使用すると、ここから二つ下の階層にウォーターウルフが五体集まっているのが分かった。同時に五体相手にするのは面倒だが、そうも言っていられない。

「ダンジョン内転移」

その場所まで数十秒で転移し、不意打ちを仕掛ける。

突然現れた俺に反応が遅れている隙に、素早く二体の首を落とした。

「バウッ⁉」

「ガルゥ！」

ここでようやく二体のウォーターウルフが水のレーザーを放ってくる。だが、

「遅い！」

苦し紛れの反撃を躱《かわ》すのは容易だ。

俺は攻撃をかいくぐって二体に接近すると、それぞれの腹と首を断った。

「グルァアアア！」

残る一体が、隙だらけな俺の左側から大きく口を開けて迫ってくる。

しかし――

「かかったな」

――アイテムボックスから霧久地《きりくじ》の短剣を左手に召喚し、勢いよく振り上げた。

無名剣に比べたら攻撃力が劣るとはいえ、それはステータスの値でカバーできる。

刃《やいば》はいとも容易《たやす》く、ウォーターウルフの顎を断ち切った。

「グゥ!?」

突然のダメージにうろたえる敵に対して、そのまま無名剣を振るう。

それがトドメとなり、五体全ての討伐に成功した。

その後、五体から魔石を取り出すと一つだけ青色に輝いていた。

「おっ、マジか！　たった五体で入手できたのは大きいぞ」

これで倒さなければならない数はかなり減る。

まあ、その分他のところで苦戦する可能性はあるが。

なんにせよ同時に五体と戦えたこともあり、時間をかなり節約することができた。

「広範囲の索敵とダンジョン内転移の使用でそれなりにＭＰは消費するけど、その分の効果はあるな。普通の探索と適度に切り替えながら行こう」
そう呟《つぶや》き、俺は再び索敵を使用するのだった。

その後も討伐は順調に進み、ウィンドウルフ、ライトウルフ、ダークウルフの魔石を入手することができた。
それから数分後、目の前に現れたのは紫色の毛並みが特徴的なポイズンウルフだった。

【ポイズンウルフ】
・レベル：１４００
・紫色の毛皮に包まれた、狼型の魔物。俊敏な動きと、口から放たれる毒が強力。毒状態が付与されると１分につき１％ＨＰが削られていく。

「とうとうきたか……！」

魔法の中でも特別な、状態異常付与の力を持つ魔物だ。

純粋に攻撃力のある魔法より、ある意味では何倍も厄介である。

「ガァッ！」

「むっ」

さっそく、ポイズンウルフはその口から毒の霧を前方に放ってきた。

それ自体に攻撃力はないが、毒状態を付与する効果が含まれている。

「一応、抵抗力パラメータや状態異常耐性スキルを保有していることから考えて付与が成功する可能性は低いが、それでもできればかかりたくないな」

付与される確率は限りなく０に近いだろうが、それでも絶対ではない。

確率としては１％に満たないものの、レベル１の冒険者が使う毒魔法がレベル１０００の魔物に効くこともあるのだ。絶対に油断はできない。

解毒用のポーションもアイテムボックスの中にあるにはあるが、体力回復薬と同じく連続で何度も使用はできないからな。

「あとはどうやってリスクを回避した上で討伐するかだが……まあ、お決まりのこれか」

ポイズンウルフは毒の霧を放った後、こちらに近付いてこようとはしない。

わざわざ自分にとって有利な状況である毒が蔓延《まんえん》したエリアから離れて戦うメリットは

ないので当然だ。

敵は俺が毒に耐えながら接近してくると思い込んでいるはず。

だからこそ、これが刺さる。

「ダンジョン内転移」

直後、俺はポイズンウルフの背後にいた。

さすがに後方にまで毒の霧は回っていないみたいだな。

「ルゥッ!?」

「遅い」

無名剣をまっすぐ振り下ろし、ポイズンウルフの体を真っ二つに両断する。

たった一撃で決着はついた。

「討伐完了。さあ、魔石はっと」

それからポイズンウルフの魔石を取り出すが、さすがに一個目から当たりが出ることもなく透明のものだった。

「気を取り直して、次だ！」

俺はすぐに次の獲物めざして出発した。

討伐と魔石回収は順調に進み、その後間もなくポイズンウルフ、パラライズウルフ、スリープウルフの魔石も入手することができた。

これで九つ全てが揃《そろ》った。

俺はその足で最下層に向かった。

「さあ、後はボスを倒すだけだな」

魔狼ダンジョン最下層の第三十階層、ボス部屋に辿《たど》り着いた俺はそう呟いた。

ちなみにここにくるまで、レベルは２アップした。

先客はいないみたいなので、すぐ挑戦することにする。

ボス部屋に入ると、眼前には高さが２メートルはありそうな巨大な灰色のウルフが現れた。

魔狼ダンジョンのボス、キングウルフ。レベルは２０００。

このままだとキングウルフは魔法を使うことはなく、ただ運動能力が高いだけの強力な魔物でしかない。そして俺が倒したかったのは、コイツではなかった。

「ほら、食え」

戦闘を始める前に、俺は赤、青、緑、茶、白、黒、紫、桃、黄と、九色の魔石を投げる。

「グルゥゥゥ！」

するとキングウルフは待ちわびていたかのように、その魔石を大きな口で食べた。

その途端、キングウルフの体は九色に輝き始める。

そう、これでキングウルフは九種のウルフたちの能力を獲得したのだ。


【キングレインボーウルフ】
・レベル：３０００
・９色の毛皮に包まれた、狼《おおかみ》型の魔物。巨軀《きょく》に見合わぬ俊敏な動きと、多種多様な魔力による攻撃が強力。

こうして現れたのはレベル３０００の強敵、キングレインボーウルフ。

一部の界隈《かいわい》ではゲーミングウルフと呼ばれている魔物だった。

魔狼ダンジョンが発生した当初、ここは道中の魔物から稀《まれ》にとれる属性魔石を目的とした冒険者で溢《あふ》れかえっていた。

ボスを討伐した際の攻略報酬は40レベルアップに、何の効果も付与されていないただの指輪だけ。ダンジョンの難易度に比べたらそこまで魅力的ではなかったため、攻略を目的とした者は少なかった。

　そんな中、とある初挑戦のパーティーが属性魔石を入手後、キングウルフに挑んだ。戦闘の最中《さなか》、パーティーの中の一人がウィンドウルフの属性魔石を落とすと、キングウルフはすぐさまそれを食べキングウィンドウルフへと変わった。

　そしてキングウィンドウルフ討伐後、ボーナス報酬として与えられたのは魔狼の指輪（風）というマジックアイテムだった。この指輪を装備することで、風属性の魔法のダメージを15%も軽減することができると判明したのだ。

　それから様々なパーティーが試した結果、取り込んだ属性魔石の種類に対応してキングウルフが強化されていくこと。そして初挑戦時にその敵を倒すことで、取り込んだ属性の魔法ダメージを15%軽減してくれる指輪を入手できることが改めて明らかになった。

　——と、ここまでがボーナス報酬の入手方法が分かった経緯である。

　九種類の属性に対応できる魔狼の指輪が欲しかった俺は、こうしてキングレインボーウルフと対峙《たいじ》するに至った。

　後は、この敵を倒すことさえできれば万事解決なのだが——

「くそっ、やっぱり相性は良くないか」

――戦闘を繰り広げながら、俺は思わず悪態をついた。

まず、キングレインボーウルフは俺よりレベルが少し低いため、無名剣の本領が発揮できないこと。

そして何よりも、高度に接近戦と遠距離戦を混ぜてくるのがかなり厄介なのだ。

「ガウッ！」

「くっ！」

反応が遅れ、キングレインボーウルフの放った炎の球が肩をかする。

ダメージこそ大したことはないが、かなりの熱量を含んでいるため熱い。

しかし、それを気にする余裕はない。

一つの攻撃に対応している間にも、次々と新たな魔法が飛んでくるのだから。

「このまま魔法を躱《かわ》しながら隙をうかがい続けてもジリ貧だな……覚悟を決めるか！」

俺はスキルの中から疾風と金剛力を同時に発動する。

【金剛力LV３】：攻撃力を＋30％（1秒につき10ＭＰを消費する）。

【疾　風LV３】：速度を＋30％（1秒につき10ＭＰを消費する）。

――――――――


おそらく、この戦いは長く続かない。

いきなりクライマックスだ！

「――いくぞ！」

地を強く蹴り、加速。

飛んでくる魔法を次々と躱しながら、瞬く間に敵との距離を詰めていく。

「ガルウッ！」

しかしそれをやすやすと許してくれる相手ではない。

キングレインボーウルフは炎の球体や風の砲弾などをいくら放っても無駄だと悟ったのか、方針を変えて前方広範囲に炎を吹き出してきた。

――読み通り！

「迷うな、いけ！」

自分に活を入れ、さらに加速する。

球体のように魔力が凝縮されたものならばともかく、拡散した炎は威力が低くなる。

一瞬だけならば耐えきれるはずだ！

狙いは成功。

1000HPを犠牲にして、俺は炎の壁を突破することができた。

「ガウ――」

「させるか！」

再び魔法を放とうとしたキングレインボーウルフの口に、爆石《ばくせき》を放り込む。

その名の通り、盛大な爆発を起こして敵にダメージを与える魔石であり、体力回復薬と同様もしもの時に備えて購入しておいたものだ。

キングレインボーウルフが口内に溜《た》めた魔力に反応し、爆石はドォン！　と爆発した。

「ギャウッ⁉」

内部からの唐突な大ダメージに、キングレインボーウルフは混乱していた。

畳みかけるなら今！

「この程度で終わりだと思うなよ！」

懐に入ってしまえばこちらのものだ。

無名剣を高速で振るい、足と腹を中心に切り刻んでいく。

速く、鋭く、正確に。

このチャンスで必ず仕留め切る！

それからおよそ三十秒。

魔法の発動や退避を試みる敵の動きを先読みし防いだうえで、攻撃を与え続ける。

そして、

「これでトドメだ！」

動きが鈍くなったキングレインボーウルフ目掛けて、最後に大振りの一撃を浴びせた。

剣の柄《つか》から伝わる重々しい感触とともに、キングレインボーウルフの首が宙に舞う。

それと同時に、討伐を知らせるシステム音が鳴り響いた。

『ダンジョンボスを討伐しました』
『経験値獲得　レベルが5アップしました』
『ダンジョン攻略報酬　レベルが40アップしました』

「ふー、終わったな」

経験値獲得とダンジョン攻略報酬を合わせて45レベルアップだ。

今回はあくまでキングウルフが成長しただけであり、エクストラボスというくくりではないため、レベルアップの報酬が通常通りなのが残念だ。

しかし――

「こっちは無事にゲットできたな」

ボーナス報酬である魔狼の指輪（真）を手に入れた俺は、鑑定を使用する。

【魔狼の指輪（真）】

・魔狼ダンジョンに初挑戦、かつキングレインボーウルフを討伐した者に与えられるボーナス報酬。
・装備推奨レベル：３０００
・炎、水、風、土、光、闇の魔法のダメージを15％軽減する。
・毒、麻痺《まひ》、睡眠を付与される確率を15％軽減する。

「よし、調べていた情報通り！　かなり強力な装備だぞこれは」

普段から無名剣というチート武器を使っているため勘違いしそうになるが、基本的にステータスを10％上昇、あるいは受けるダメージを10％軽減してくれるだけでも相当価値があるとされている。

そんな中、相手のレベルに関係なく15%も魔法ダメージを軽減できる魔狼の指輪（真）は非常に優秀というわけだ。

「この装備の存在が発覚してから、レベル１０００超えの冒険者が一週間のスパン覚悟で取りに来たって話もあるくらいだからな。入手できる回数も限られているから市場にはなかなか出回らないし、こうして手に入れられて本当に良かった」

ただ、ここで一つの問題に気付く。

「この指輪、サイズがかなりでかいな。装備してもすぐに抜けそうだけど……うおっ！」

その心配は杞憂《きゆう》に終わった。

左手の中指にはめると、自動的にサイズが変わりピッタリになったからだ。

「そりゃマジックアイテムなんだし、こういうことも可能だよな。普段、装飾系の装備をつけないから忘れてた……さて、そんじゃ次にやることはと」

改めて気合を入れた後、キングレインボーウルフから九色に輝く魔石を取り出す。

あと、キングレインボーウルフの毛皮は防具にも使用されることから高く売れるため、アイテムボックスの中に回収しておく。

そうこうしているうちに、帰還用の転移魔法が発動する。

「よかった、今回は無名の騎士のような敵が現れたりしないみたいだな」

そう零《こぼ》しながら、俺は安堵《あんど》のため息を吐《つ》く。

そんな風にして、俺は魔狼ダンジョンを攻略したのだった。

◇◆◇

『ダンジョン攻略報酬　レベルが40アップしました』

『レベル：４０７４→４１１４』

『ダンジョン攻略報酬　レベルが40アップしました』

『レベル：４３１４→４３５４』

『ダンジョン攻略報酬　レベルが40アップしました』

『レベル：４７５４→４７９４』


魔狼ダンジョン初攻略の翌日から、俺はダンジョン内転移を使用した超高速レベルアップを開始した。

ここまで様々なダンジョンの周回を繰り返せばもう手慣れたもので、戸惑うことなくどんどん突き進んでいく。一、二周目はまだ警戒しながら戦っていたキングウルフも、数を重ねレベルが上がるごとに、余裕で討伐できるようになっていった。

五周目を超えたあたりからは、無名剣の一振りでおしまいだ。

そして、いとも容易《たやす》くその瞬間がやってくる。

『貴方《あなた》は本ダンジョンを規定回数攻略しました』

『ボーナス報酬　レベルが80アップしました』

『今後、貴方が本ダンジョンを攻略しても報酬は与えられません』

「おっ、終わりか」

数日後、計四十周を終えたタイミングでそのシステム音が脳内に鳴り響いた。

どうやらこれで魔狼ダンジョンの踏破が完了したらしい。

「今回はかなり順調に進んだな。一周で40レベルアップするところを四十周もしたもんだから、レベルがとんでもないことになってるし」

ちなみにここまでで獲得したＳＰを使用して、金剛力をLV３からLV５、疾風をLV３から

LV５、そしてダンジョン内転移をLV15からLV16に上げていた。

その結果、発動時間が1秒↓０・８秒に変化した。僅かな変化だが、発動時間が少なくなるのはありがたい。状況によっては戦闘にも使いやすくなるからな。

本日レベルが上がった分のＳＰが６０００余っているが……まあ、急ぐことはないか。

これについてはまた後日、何に使うか決めることにしよう。

そんなこんなで、ひとまずのところやるべきことはすべて終えた。

「よし！　じゃあ明日からも、既にインフレが起き気味なレベルアップ——インフレベルアップを続けていくか！」

気合を入れるように、高らかに叫ぶ。

だけど聞いていてくれる人は誰もいなかったので、ちょっとだけむなしかった。

【天音　凛】
レベル：５１５４　ＳＰ：６０１０
称号：ダンジョン踏破者（６／10）・無名の剣豪・終焉《しゅうえん》を齎《もたら》す者《もの》（ＥＲＲＯＲ）
ＨＰ：４０８６０／４０８６０　ＭＰ：１０６８０／１０６８０

攻撃力：１００３０　耐久力：８２６０　速　度：１０６７０
知　力：７６３０　抵抗力：７７３０　幸　運：７２２０
スキル：ダンジョン内転移LV16・身体強化LVＭＡＸ・剛力LVＭＡＸ・金剛力LV５・高速移動LVＭＡＸ・疾風LV５・魔力上昇LV２・魔力回復LV２・索敵LV４・隠密《おんみつ》LV４・状態異常耐性LV４・鑑定・アイテムボックスLV５

【無名の騎士の剣】
・無名の騎士が装備していた剣。
・装備推奨レベル：５０００
・攻撃力＋５０００
・敵（人・魔物）のレベルが自分より高かった場合、ＨＰとＭＰを除くステータスの全パラメータを＋40％。

第二章　技能模倣《ストック》

魔狼《まろう》ダンジョンを踏破した翌日。

朝食の時間、おもむろに華《はな》は口を開いた。

「そうだ、お兄ちゃん。今週末って空いてる？」

ソロでダンジョンに潜っている俺は、スケジュールを自由に決められる。

そのため迷うことなく頷《うなず》いた。

「ああ、空けることならできるはずだ」

「よかった、それなら一安心だよ！　動きやすい服装しておいてねっ！」

「？　ああ、分かった」

またこの前のように買い物に付き合わされて、荷物持ちをする羽目になるんだろうか？

まあ、たまにはそんな日もいいかもしれない。

そんな風に考えたのだが――

数日後、俺がいたのはダンジョンだった。

「なんでだ!?」

「うわっ！　びっくりしたお兄ちゃん、いきなり横で叫ばないでよ！」

俺のリアクションに対し、隣にいた華からツッコミを入れられる。

いやいやいやいや、こんな反応になるのも仕方ないだろ。

俺と華がやってきたのはEランクダンジョン――【住福《すみふく》ダンジョン】。

【紫音《しおん》ダンジョン】と同様、初心者御用達《ごようたし》の低難易度ダンジョンだ。

ちなみに、俺が以前踏破を目的として幾つものダンジョンに足を踏み入れた中の一つでもある。

「華、なんで俺たちはダンジョンに来てるんだ？」

「あれ？　説明してなかったっけ？」

「してないな」

「そっかそっか、ごめんね！　実は――」

そう前置きした後、華は経緯を語り始めた。

ただこの経緯を理解するには、事前に世界のダンジョン事情を知る必要がある。

まず大前提として、世界基準でダンジョンに挑戦できるのは十六歳以上からと定められている。ダンジョンでは命がかかっているので、最低限の分別がつくまで入ることはできないというわけだ。

さらに日本では世論の声が強く、一年と少し前までは年齢制限が十八歳と決められていた。しかし近年では国家が抱える強力な冒険者の数が国家の地位を左右するとまで言われるようになり、それに伴って年齢制限が引き下げられるようになった。

昨年度においては十七歳以上が挑戦できるように。そして今年度からは世界基準に合わせて、十六歳からダンジョンに挑戦できるようになった。

もちろん年齢さえ基準を超えていれば誰でもダンジョンに入っていいというわけではなく、ダンジョン協会が主催する講習を受け冒険者資格を得る必要があるのだが。

俺の場合は高校卒業後、個別に講習を受けに行ったのだが、どうやら今は事情が違うらしい。年齢制限が引き下げられ、現役の高校生でも挑戦できるようになったことにより、高校経由で講習への参加者を募集することも一般的になりつつあるのだとか。

今回もまたその例に漏れず、華の通う学校にダンジョン協会から募集があった。

そして華は、それに参加すると返答したんだとか。

それが今に至るまでの経緯。

ただ、それを聞いてもまだ納得できないことがあったので、それを尋ねることにする。

「そこまでは理解できたけど、なんで俺が呼ばれたんだ？　それに、いきなりダンジョンに行くってのもよく分からないんだが。まずは講習を受けて資格を得てからダンジョンに行くのが通常の流れじゃないのか？」

「えっとね、学校経由で参加する人はもう既に簡単な講習を受けて仮資格をもらってるの。それで今日はダンジョン協会の人の案内で実際にダンジョンに行くことになったんだけど、初めてのダンジョンが不安な人は、知り合いの冒険者を連れてきてもいいってことになってるんだ」

「……なるほどな」

それで俺が呼ばれたわけか。

「でも、そういうことなら先に言っといてもらわないと困るぞ。俺が一週間以内にダンジョンを攻略してスパン中だったらどうしたんだ？」

「スパン……？」

初耳のような顔をする華。

本当にそれで講習は受けたんだろうか？

「まあそれについてはおいておくとして！　今回参加する人があっちに集まってるから急ごっ、お兄ちゃん！」

「はいはい、分かった分かった」

華は俺の手を握ると、引っ張りながら歩を進めていく。

俺は小さくため息を吐《つ》いた後、後を追った。

集合場所に着くと、そこには三百人近い学生と、その保護者らしき人物が集まっていた。

「かなり人が多いな」

「幾つかの学校から募集してたみたいだからね」

「なるほど」

たしかにまとめてやった方が効率的だよな。

そんなことを考えていると、ダンジョン協会のスタッフらしき人が大声を張り上げて言った。

「今回の実習に参加の方は、名前を確認しますのでこちらに来てください！　その際、同行される保護者の方はステータスを表示して見せてください！　表示事項は名前とレベルだけで構いませんので！」

「――んげっ」

それを聞いた俺は、思わず間抜けな声を漏らした。

「お兄ちゃん？　どうかしたの？」

「い、いや、何でもない」

「？　変なお兄ちゃん。まあいいや、それなら早くあっちに行こう！」

「あ、ああ」

華に促されるまま歩きつつも、俺は内心で冷や汗をかいていた。

このままステータスを提示すれば、俺のレベルが５０００を超えていることがバレてしまう。冒険者歴一年で２０００レベルを超えていた風見《かざみ》たちでさえあれだけ騒がれていたのだ。５０００ともなればどういう反応をされるか想像するのは容易《たやす》いだろう。その結果、芋づる式にダンジョン内転移《ないてんい》の秘密がバレてしまう可能性がある。

それはまずい。だからといってここで華を置いて帰るわけにもいかない。

どうするべきか。悩みに悩んだ末、俺はある妙案を思い出した。

「華、少し待ってくれ。ステータス画面を出すから」

「おっけー」

俺は急いで新規スキル一覧をスクロールし、その中からあるスキルを探し出す。

そして数秒後、目的のスキル名が目に入った。

――――新規スキル――――

隠蔽LV１（必要ＳＰ《スキルポイント》：５０００）

「……見つけた」

上級スキル、隠蔽。

取得に必要なＳＰは５０００と、これまでのスキルとは明らかに格が違う。

それだけ大量のＳＰを必要とするこのスキルにできることは、たった一つ。

それはずばり、ステータス情報の書き換えである。

もちろん攻撃力を１０００から１００００にしたからといって、実際の攻撃力が十倍になったりはしない。

このスキルを使う目的は、ステータス画面を他者に見せる時に限られる。

というのも通常、ステータス画面を他者に見せる時、

・名前だけ

・名前とレベルだけ

・名前とスキルだけ

のように、自分が見せたいものだけを選択することができる。

ただその際に、見せる情報の一部を隠したりすることはできない。

例えばレベルが１０００だった場合、一番右の０を隠して１００にはできないし、身体強化と初級魔法のスキルを持っている場合、身体強化を隠して初級魔法のみを見せることができない仕様となっている。

そしてそれをできるようにするのが、この隠蔽というわけだ。

……察しのいい人なら、もうこのスキルの危険性が分かったと思う。

隠蔽によって偽物のステータス画面を作ることで、他人を簡単に騙《だま》すことが可能となる。

自分を低レベルだと見せかけて本来より低いランクのパーティーに潜り込み所有物を奪うだとか、逆に高レベルを装って他のパーティーに寄生することができてしまうのだ。

そのため、隠蔽のスキルを取得することは基本的に禁止されている。

とはいえ実際問題、どの冒険者が隠蔽を保有しているか確かめる術《すべ》はないし、保有しているだけで罪に問われるようなものではない。その代わり、隠蔽を利用した犯罪行為が判明した場合、通常の何倍もの罰が与えられるようになっている。

今回の場合は他人に迷惑をかけるでもないし、グレーゾーンといったところだろうか。

「よし、取得するぞ」

５０００ＳＰを消費し、俺は隠蔽を取得した。

大量のＳＰを消費することになったが、今の俺ならば一日で挽回《ばんかい》できる量でもある。そこまで大げさに気にする必要はないだろう。

もう一つ問題があるとすれば、隠蔽で何レベルに見せかけるかだが……俺はつい先日、制限レベル１０００の魔狼ダンジョンを攻略したばかり。攻略したことは隠せるが、入場記録は残っているだろうから、最低でもそれ以上にするべきだろう。

そんなわけで、俺はレベルをざっと１０００ちょいに書き換えることにした。

「お兄ちゃん、まだ？」

「今行くよ」

ちょうど書き終えたタイミングで華に呼ばれたため、一緒にダンジョン協会のスタッフのもとに向かう。

すると、先ほど声を張り上げていた四十歳前後の見た目をした男性が俺たちに気付く。

「初めまして、ダンジョン協会推進課の片桐《かたぎり》です。お名前をお聞きしても？」

「天音《あまね》華です、よろしくお願いします。それでこちらが……」

「兄の天音凛《りん》です。今日は付き添いで来ました」

「ステータスを確認させていただいても？」

「はい」

言われた通り、名前とレベルだけを表示した状態でステータスを提示する。

片桐さんはそれを見て、こくりと頷《うなず》いた。

「ご協力ありがとうございます。今回入るのはＥランクのダンジョンですし、このレベルなら心配もいらなそうですね。仮に何かあっても私は７０００レベルを超えているので、安心してください」

「そうですか、それはとても心強いです」

そう返答すると、片桐さんは軽く笑う。

「それに協会から参加するのは私だけではありませんからね。今回は若手が多いのですが、全員Ｃランク以上の実力を持っているので心配いりませんよ。特にその中でも優秀なのが……おっ、ちょうどいいところに。柳《やなぎ》、こっちに来てくれ」

片桐さんがそう呼びかけると、近くを通り過ぎようとしていた若い茶髪の男が反応する。

「は、はい、なんですか？」

「お前のことも紹介しようと思ってな。彼は柳といって、大学を卒業したばかりの新入職員ですが５０００レベル超えの優秀な人材です。彼も今回一緒にダンジョンに入ります」

柳と呼ばれた、少し気の弱そうな印象を受ける男は、俺たちにぺこりと頭を下げる。

「や、柳と申します。本日はよろしくお願いいたします」

「はい、こちらこそよろしくお願いします」

柳さんから伸ばされた手を、自然な流れで俺は握る。

確かにレベルが高いこともあり、なかなか鍛えられていそうな感触だった。

「……ふむ」

すると柳さんは突然、何かを吟味するような声を出した。

「どうかしましたか？」

「い、いえ！　なんでもありません、大丈夫です！」

焦った様子で柳さんは手を放す。

少しだけどういう意味だったのか気になったが、無理に聞き出すことでもない。

そう思った俺は、彼から視線を外すのだった。

それから数分後。

今回参加する全員が集まり、華たちは協会から支給された装備に着替えていた。事前の講習のタイミングで、それぞれに適した防具などを用意してもらえていたらしい。俺の時はそんなのなかったのに……

ちなみに華たちが着替えている間に、念のため俺も装備に着替えておいた。当然、アイ

テムボックスを利用した瞬間早着替えで。

その後、全員の準備が終わったタイミングで俺たちは住福ダンジョンに入っていく。

「ダンジョン内転移」

もちろん、現在スパン中の俺はゲートを通るフリをしながら転移したのだが。

住福ダンジョンの中に入った俺たちは、少し空間がひらけた場所まで移動する。

そこで、片桐さんは皆に向けてこれからのことを告げる。

「それでは、これから皆様にはステータス獲得に挑戦してもらいます。既にご存じの通り、ステータスは初めて魔物を討伐した際に獲得できるのですが、その可能性は約10%となっております」

その言葉を聞き、学生たちがざわざわと騒ぎ始める。

「そっか、ステータスを手に入れられるのってここにいる一部だけなんだよね。すごく怖くなってきた……」

「ようやくここまで来たんだ、絶対に獲得する！」

「ユニークスキル来いユニークスキル来いユニークスキル来いユニーク——」

なんとも形容しがたい光景だった。

まあ、この数分で自分の一生が左右されることになるんだから、それも当然か。

ふと横を見ると、華もまた両手をぷるぷると震わせていた。

なので、俺は自分の手を華の両手の上に載せる。

「お兄ちゃん？」

「ステータスを獲得できるかどうかは完全に運なんだから、そう緊張する必要はないぞ。って、これを言ったら身も蓋もないか……」

励まし方を間違えてしまったかもしれない。

そう思っていると、華はぷっと噴き出した。

「何それ、励ますなら最後までやり遂げてよね、お兄ちゃん」

「わ、悪い」

「ううん、おかげで少し気持ちが楽になったよ。ありがと」

言葉通り、華の表情は落ち着いていた。

とにかく、華の緊張を解く手助けができたのなら何よりだ。

それにしても、と。俺は疑問を抱いた。

そもそも華はどうして冒険者になりたいと思ったんだろう？

これまでそんな話を聞いたことはなかった。

尋ねようかとも思ったが、それよりも早く片桐さんが説明を再開する。

「基本的には職員一人につき参加者三人を連れて魔物のもとに向かい、残りの者はこの場で待機してもらいます。Dランク以上の同行者がいる方は、その方と行動してもらっても構いません。ただしステータスを獲得できた者は、私のもとまで報告に来てください」

その説明を聞き、俺は「ふむ」と頷いた。

「協会の人に手伝ってもらうか、自分たちだけで行くかを選べるんだな。華はどっちがいい？」

「うーん、やっぱり他人に見られながらはちょっと嫌かも。二人で行こっ」

「ああ、じゃあそうするか」

方針は決まったので、俺と華は集団から離れて自分たちだけで魔物を倒しに行くことにした。

見る限り、どうやら半数近くが俺たちと同じ選択をしたみたいだ。

華と二人で歩くこと数分。すぐにその魔物は現れた。

「お兄ちゃん、これってもしかして」

「ああ、ゲームなんかで有名なのとは見た目がかなり違うが、あってるよ」

目の前にいるのは、目や鼻を持たない流動性のある透明の生命体——スライムだった。

俺は目の前に出てきたスライムに対して鑑定を使用した。

【レッサースライム】

・レベル：1
・流動性のある透明な体が特徴的な魔物。攻撃力はほとんどなく、体の中心にある核を破壊することで討伐できる。

「レベル1か。うん、これなら華でも倒せそうだな」

鑑定結果を見て、俺はそう呟《つぶや》いた。

スライム系の魔物は何種類もいるのだが、一番基本のレッサースライムについてはＲＰＧの序盤に出てくるザコキャラと同様、簡単に倒せる魔物だ。

無論、スライム種の中には非常に強力な魔物も存在する。

例えばブラストスライムは敵意を持って触れるだけで爆発するという無差別兵器みたいな性能をしているし、他にもクラーケンスライムなんかは女性の纏《まと》う装備（服）のみを溶かすという特有の能力が非常に厄介だという噂《うわさ》が――

「お兄ちゃん？　急に天井を見上げてどうしたの？」

「いや、なんでもない。そんなことより早くスライムを討伐しなくちゃな」

華の呼び掛けによって現実に戻ってきた俺は、すぐに切り替えて話を進める。

「スライムの中心に見える赤色の球体が見えるか？　あれはスライムの核（魔石）で、あの核を壊すことによってスライムを倒せるんだ」

「わ、分かった。やってみる！」

華はダンジョン協会から支給されたナイフを握り、恐る恐るスライムに近付いていく。

スライムは生身の人間でも簡単に倒せる程度の強さなんだが、初めてなこともありかなり慎重になっているみたいだ。

華はスライムの前で立ち止まり、ゆっくりとナイフを振りかぶる。

そして——

「えいっ！」

勢いよく振り下ろしたナイフが、スライムの核を貫く。

次の瞬間、スライムはパンッと破裂した。

素材や魔石が残らないから、スライムは冒険者にとって人気がなかったりする。

さて、問題はここからだ。

華がステータスを獲得することができたかどうか、無言で見届ける。

その直後、華は驚いたように目を見開いた。

「ステータスを獲得しました？　それから経験値獲得に、レベルがアップって……お兄ちゃん、なんか変な声が聞こえるんだけど！」

戸惑ったような華の声を聞いて、俺は「よしっ」と呟いた。

「どうやら獲得に成功したみたいだな。おめでとう、華」

「そっか、私、無事にステータス獲得できたんだ……やったよ、お兄ちゃん！」

嬉《うれ》しそうにその場で跳びはねる華。

その手には当然ながらナイフが握られている。

なんかこう……捉え方を間違えたら、ちょっとだけまずそうな光景だなと思いました。

「さて、第一関門はこれで突破だけど、本当に大事なのはここからだぞ。獲得したスキル次第で今後が決まってくるからな」

「そうだった！　えーっとたしか、自分のステータス画面を見る方法は……」

「ステータスオープン、な」

「それそれ！　ステータスオープン！　わあっ、すごい！　なんか目の前に出てきたよ！見て、お兄ちゃん！」

「はいはい、分かった分かった」

華に言われるまま、彼女のステータス画面を確認する。

どのようなスキルを獲得しているだろうか。

身体強化か、魔力系か、それとも技術上昇か。

そんな風に考える俺の目に飛び込んできたのは、信じられないような文字の羅列だった。

「これは……！」

そこにはこう書かれていた。

【天音　華】
レベル：２　ＳＰ：１００
ＨＰ《ヒットポイント》：15／15　ＭＰ《マジックポイント》：５／５
攻撃力：３　耐久力：３　速　度：３
知　力：５　抵抗力：３　幸　運：３
スキル：技能模倣《ストック》LV１・身体強化LV３・魔力操作LV３・魔力上昇LV５

身体強化LV3、魔力操作LV3、魔力上昇LV5など、一つでも保有していれば十分だというスキルが三つも。

そして何より、それらが霞《かす》むほどの衝撃的な単語。

技能模倣。

そのような名前のスキルなど、これまで一度も見たことがない。

すなわち――

「――ユニークスキルだ」

「ふえっ？」

俺の呟きを聞いた華は、少し困惑したように言った。

「ユニークスキルって、確か他に持っている人がいないスキルのことだよね？　なんか、めちゃくちゃ凄《すご》い効果なことが多いって聞いたよ」

「ああ、時には例外もあるけどな」

例えば、覚醒前のダンジョン内転移とかな。

「問題はこのユニークスキルがどんな効果を持っているかだ。確認してみよう」

「うん、分かった！」

俺と華は一緒に技能模倣の効果を見る。

そこにはこう書かれていた。

【技能模倣LV1】

条件：対象者に直接触れることにより、相手が保有するLV1以下のスキルをコピーする。

模倣可能数：最大で1種類。

模倣時間：最大で10分（再度触れることで延ばすことが可能）。

「ええー」

名前から予想はできていたが、見るからにとんでもない効果だった。

なんだこれ、チートか？

現時点でコピーできるのはLV1以下のスキルのみ、最大で1種類、時間は最大10分などの制限はあるが、恐らくこれは技能模倣のスキルレベルを上げるごとに増えていくはずだ。

俺のダンジョン内転移とは違い、レベルが1上がるごとに効果が倍々になっていく分かりやすいタイプだろう。

さらに凄いのはコピーできる条件がスキルレベルに依存している点だ。

この説明を見るに、下級スキルはコピーできるが上級スキルはコピーできないといった制限はなさそうだ。

レベルが三桁以下の時点で上級スキルを扱えるだとか、考えただけで恐ろしい。

普通は上級スキルなんて、１０００レベルを超えないと獲得できないからな。

もちろん、上級スキルにもなると使用ＭＰが多いため、レベルが低い状態では使用できないのかもしれないが、中にはＭＰを使用しないスキルも存在するし、使用条件が保有ＭＰの○○％といったスキルも存在する。

適切なものをコピーすれば、上手《うま》く運用できるはずだ。

そして、このスキルの力が最大限に発揮できるのはパーティーでいる時だろう。

パーティーの理解さえあれば、メンバーのスキルを借りることで、戦況に応じて剣士、タンク、魔法使いを一人増やすような形の運用が可能となる。

「いや、それだけじゃない」

ここで俺は一つのとんでもない案を思いつく。

その案とはつまり、華に俺のダンジョン内転移をコピーさせて、一緒にレベリングするのはどうかというものだ。

ただそれができるようになるのは、技能模倣の条件にあるレベル制限がダンジョン内転移のそれを超えた時だ。

現時点でダンジョン内転移はLV16。これからもレベルは上げていくつもりなので、もしかしたらコピーできるようになる日は一生こないかもしれないが、可能性として把握はしておくべきだろう。

技能模倣のレベル制限自体がなくなる日もくるかもしれないからな。

そんな風に考える俺の横では、華が「うーん」と考え込んでいた。

「ねえ、お兄ちゃん。これって良いの？　悪いの？」

「そうだな、この力を公表したら今すぐ日本中のギルドから勧誘される程度にはやばい」

「ほんとっ⁉　そんなに凄い力なんだ……うーん、でもでも、スキルが凄いこと自体は嬉しいんだけど、それで面倒なことになるのはやだな」

冒険者として名声を得たい者なら全力で喜ぶことのはずだが、華は違うみたいだ。

「なんだ、別に冒険者として活動していきたいってわけじゃないのか？　てかそもそも、なんで冒険者になろうと思ったんだ？　事故対策？」

「そ、それは秘密だよ！　乙女のプライバシーを暴こうとするなんてお兄ちゃん最低！」

「ええー」

理不尽なお叱りを受けてしまった。

怒った華もそれはそれで可愛《かわい》い。

「けど、そういうことなら片桐さんたちにステータス獲得を報告する時、技能模倣については隠しておいた方が良さそうだな。どこまでも拡散される可能性がある。このスキルについて教えるのは信頼できる相手に限るべきだ」

「でも、そんなこと可能なの？　報告の時にステータスを見せなくちゃいけないかもしれないよ」

「む、それもそうだな……いや、待てよ」

とある方法を思いついた俺は、にっと笑って告げた。

「いい解決策がある。技能模倣の実験も兼ねて、試してみよう」

「いい考え？」

「ああ」

頷《うなず》いた後、俺は華にその方法を説明する。

勘のいい人なら、俺が何をしようとしているのかもうお察しだろう。

そう、隠蔽のスキルをコピーさせて使わせてみようと考えたのだ。

俺が保有している隠蔽はLV1だし、MPも使用しない。

この状況にはお誂《あつら》え向きだ。

このスキルなら華の技能模倣でコピーできるはず。

俺の考えを聞いた華は、すぐに実行に移す。

「分かった、やってみるね――技能模倣」

俺に手を触れながらそう唱えると、華は驚いたように目を見開いた。

「成功した！『隠蔽LV1をコピーしました』だって、お兄ちゃん！」

「よし、やったな。それじゃ次は自分のスキル欄から技能模倣を隠すんだが、そのやり方はと……」

その後、俺は華に隠蔽の使い方を教え、無事に技能模倣を隠すことはできた。

さて、となると残る問題は……

「身体強化、魔力操作、魔力上昇についてどうするかだな。初期獲得スキルが三つあるのはよくあることだけど、問題はレベルなんだよな……3、3、5ときたか。どれもかなり高い」

「そうなんだ。じゃ、全部レベル1にしちゃえば問題ないかな？」

「それならまあ、普通の範囲内かな」

「ならそうしちゃおう！」

すぐさま決断し、華は残りのスキルもLV1に書き換えた。

これで全ての準備を終えたことになる。

「よし、それじゃそろそろ皆のもとに戻るか。くれぐれも隠蔽を使ったことは誰にも話すなよ。俺が隠蔽を保有していることもな」

「了解……あれ？　でも、なんでお兄ちゃんはこんなスキル持ってたの？　普通、自分にも隠したいことがないとこんなスキル手に入れたりしないよね？」

「……それについてはまた今度、ゆっくりと話すよ。色々と落ち着いた頃にな」

「ふーん、ならいいんだけど……」

思ったよりもあっさりと納得してくれる華。

そんな彼女の反応に、ほっと胸を撫《な》で下ろしたその瞬間だった。

「――――ッ⁉」

――刹那、形容しがたい違和感を覚え、咄嗟《とっさ》に周囲を見渡す。

しかし周りには何もない。

「突然どうしたの、お兄ちゃん」

「……いや、なんでもない」

気のせいだったのだろう。

そう結論を下し、これ以上気にしないことにした。

その後、俺と華は集まっている皆のもとに向かうのだった。

俺と華がステータス獲得後もゆっくり話していたせいか、もうほとんどの学生が魔物を討伐し終えているようだった。

大袈裟《おおげさ》に喜んでいる者もいれば、深く悲しんでいる者もいる。

割合としては、当然ながら悲しんでいる者の方が多い。

ステータスの獲得率が10%なんだから、当然といえば当然だが。

華が隠蔽を施したステータスを片桐さんに見せると、数秒で軽く確認された後、ステータス獲得おめでとうと言われていた。

心配していたわけじゃないが、あっさりと確認は終わったみたいだ。

その後、全員が魔物を討伐し終えダンジョンの外に出る。

そこまで来ると、片桐さんは皆に向けて言った。

「今回ステータスを獲得された方については、二週間後にありますダンジョン内実習にも参加していただきます。今回の魔物とは違い、戦闘力のある魔物を相手にどのように戦うのか、ダンジョン内ではどのような点に気を付けるべきかを学ぶ実戦訓練となります。それを終えるまでは皆さんの保有している冒険者資格は仮のものとなります。冒険者歴が一年以上の者と一緒になら構いませんが、自分だけでダンジョンに入ることは禁止されていますのでご注意ください。それでは、本日はお疲れさまでした」

　これで今日は解散となった。

　俺と華はその場から離れていく。

「お疲れ、華。改めてステータス獲得おめでとう」

「えへへ、ありがと。あ、ならなら、ご褒美に何かプレゼントして！」

「ああ、この後都心にでも寄るか。あ、せっかくだしディナーでも行こう」

「あ、あれ？　半分は冗談のつもりだったんだけど。ていうか、お兄ちゃん最近お金遣い荒くない？　大丈夫なの？」

「心配するな、最近はかなり稼いでるからな。華の欲しい物を買ってやるくらいは余裕だよ」

「……そっかっ。じゃあ、お言葉に甘えるね！」

「おう。あ、それから華はまた実戦訓練でダンジョンに潜らなきゃいけないみたいだけど、今の話を聞くに、その実習より前でも付き添いさえいればダンジョンに入っていいんだよな？　集団だと教えてもらえる内容にも限界があるだろうし、華さえよかったら俺が付き合うぞ」

「ほんと？　ならお願いしようかな……そうだ！」

何かを思いついたのか、華はスマホを取り出し連絡用アプリを開いていた。

またプライバシーの侵害と言われる恐れがあったので、さっと視線を逸《そ》らしておく。

なんにせよ、今日が華にとって良い結果に終わったのなら何よりだ。

そんなことを考えながら、俺と華は真《ま》っ直《す》ぐ歩いていく。

だから、この時の俺は気付くことができなかった。

遠く離れた背後から、俺と華に視線を向ける者が存在していたことを。

◇◆◇

華がステータスを獲得した翌日。

俺は早朝から一人でDランクダンジョン【峰岸《みねぎし》ダンジョン】にやってきていた。

午後からは昨日の会話にもあったように、華とダンジョンに行くつもりなので周回は昼前に終わらせるつもりだ。

ちなみになぜ午後からなのかというと、華が午前中は用事があると言ったからだ。

その割には俺が家を出る時ソファに座ってだらーっとしていたので、どんな用事があるのか気になるところである。

「まあそれについてはいいや。周回を続けよう」

魔狼ダンジョンを踏破した翌日から、ずっとこの峰岸ダンジョンを周回している。

そろそろ踏破できる頃合いだと俺は踏んでいた。


『ダンジョン攻略報酬　レベルが４アップしました』

『ダンジョン攻略報酬　レベルが４アップしました』

『ダンジョン攻略報酬　レベルが４アップしました』

『ダンジョン攻略報酬　…………』


ここのダンジョンボスはハイゴブリンとその配下のゴブリンが十体。

普通にやればどいつも無名剣《ネームレス》で一撃なのだが、数が少々多いため無駄な時間を費やしてしまっていた。

「喰《く》らえ！　ネームレスキック！」

時には無名剣を握ったまま蹴りを放つという高度な技、通称ネームレスキックを使用しながら討伐を進めていく。

周回は順調に進み、そしてとうとうその瞬間が訪れた。

『貴方《あなた》は本ダンジョンを規定回数攻略しました』

『ボーナス報酬　レベルが10アップしました』

『今後、貴方が本ダンジョンを攻略しても報酬は与えられません』

「よし、終わったな」

きっかり合計百周。

攻略報酬４レベル×１００周＋ボーナス報酬10レベルの、計４１０レベルアップした。

これで踏破数は７となり、ＳＰも合計５１１０となった。

このままダンジョン内転移のレベルでも上げようかと思ったが、ふと時計を見ると、予定していた終了時刻より時間がかなり過ぎていることに気付いた。

「まずい、周回に夢中になり過ぎて時間を忘れてた！　けど今から急げばまだ間に合うはずだ。早く行こう！」

俺は急いで集合場所である紫音ダンジョンに向かう。

まあ最寄り駅の近くにあるダンジョンだから、実質的には帰宅と似たようなもんだが。

紫音ダンジョンに急ぎ足で辿《たど》り着いた俺は、入り口の前に華がいるのを見つけて近寄っていく。

「悪いな華、遅くなった……って、あれ？」

と、ここで想定していない光景が飛び込んでくる。

華の横には、ここにいるはずのない二人の少女が立っていたのだ。

俺がやってきたことに気付いた二人に向けて、俺は問いかけた。

「由衣《ゆい》と、それから零《れい》……なんで二人がここにいるんだ？」

その問いを聞き、由衣と零は同時に口を開く。

「そろそろ私の出番が必要かと思いまして！」

「きちゃった、てへ」

由衣は元気いっぱいのポーズを決めながら、零はまったく照れていない無表情のままでそう答える。

共通しているのは、二人の返事がまったくもって答えにはなっていないということ。

「もう、お兄ちゃん、時間ギリギリだよ？」

由衣と零がいることに戸惑っている俺に向かって、華は頬《ほお》を膨らませながらそう言ってきた。

「悪かったよ。ところで、なんでこの二人がここにいるんだ？」

「私が昨日、由衣先輩を誘ってみたの。最近、連絡を取ってる時いつも由衣先輩がお兄ちゃんのこと訊《き》いてくるから、せっかくなら一緒にどうですかって」

「ちょっと華ちゃん、何言ってるの!?　凛先輩も信じないでくださいね！」

「分かった」

「……べ、別にちょっとくらいなら信じてもいいんですよ？」

どっちなんだよ。

内心でそう呟《つぶや》いたのち、俺はもう一人に視線を向ける。

「零はなんでいるんだ？　華と知り合いじゃなかったよな？」

「わたしは由衣から今日のことを聞いてやってきた。凛がいるって言われたから」

「……お、おお」

まっすぐな目でそう言われ、俺は思わず戸惑ってしまう。

それにしても、俺がいるから来た、か……

ふっ……とうとう来てしまったのかもな、モテ期ってやつが！

そう思った直後だった。

「約束通り、お金を返す。この一週間で頑張って稼いだから」

零はそう言って、札束の入った封筒を俺に渡してきた。

モテ期とか関係なくお金が理由だった。

それを見た華と由衣が目を見開く。

「お、お兄ちゃんが！　年下の女の子にお金を貢がせてる！」

「サイテーですよ凛先輩！　失望しました！」

「待て待て待て！　違う！　人聞きの悪いことを言うな！」

騒ぎ始める二人を必死になって止める。

えらい勘違いをされそうになっていた。

「ほら、零も何か言ってくれ！」

「わかった」

頷《うなず》いた零が、両手を胸元に当てる。

「凛はわたしにとって大切な人。わたしが今ここにいられるのは全て凛のおかげ。だから、こうやってお金を渡すのもわたしが好きでやっていることだから問題ない。心配しなくても大丈夫。むしろこれだけで足りるかわたしが不安なくらいで――」

「待て零、重要なところを省略しまくってるせいで余計にまずいことになってる」

ダンジョン内転移については隠すようお願いしているから詳細を話せないのは仕方ないとはいえ、その言い方だとなんだか俺がいたいけな少女を騙《だま》して洗脳しているみたいだ。

「お兄ちゃん？」

「凛先輩！」

案の定、勘違いした二人が怒った顔で呼び掛けてくる。

結局、二人を説得できるまで、それから五分近くの時間を要するのだった。

その後、俺たちは四人で紫音ダンジョンに入り、下層へと歩き進めていた。

真ん中を歩く華が、大きな歩幅で進みながら口を開く。

「そっかそっか、要するにお兄ちゃんと零さんがダンジョンで会った時に、お兄ちゃんが高価なアイテムを使って零さんを助けてあげたってことだね。もー、それならそうと早く言ってくれたらよかったのに！」

「十回くらい説明したんだけどなー」

苦言を呈するも、残念ながら華の耳には届かない。

「凛先輩、私は初めから信じていましたよ！」

「どの口が言ってるんだ」

「むー、いひゃい、いひゃいです！」

軽く頬を引っ張ってやると、由衣は大げさに痛がるフリをしていた。

そんなことをしていると、いつの間にか隣に来ていた零が頭を下げる。

「ごめん、凛。お金はもっと場所を選んで返すべきだった」

「ああ、もう大丈夫だよ。ていうかよくこんな大金、短期間で稼げたな」

「この一週間はダンジョンを攻略せず、一人でひたすら稼ぎのいい魔物を狩っていたの。ついでに、自分のことを見直す時間も欲しかったから」

「……なるほどな」

たしかに今の零は無所属となっている。自分を見つめ直すにはいい機会だろう。

「頑張れよ、零」

「うん。ありがとう、凛」

そんな彼女の意思を、俺は心から応援したいと思った。

すると、そんな俺たちの会話を由衣がジト目で見ていることに気付く。

「そういえば前々から思ってたんですけど、凛先輩と零ちゃんってすごく仲いいですよね？　零ちゃんの方が年下のはずなのに、凛先輩にタメ口ですし……はっ！　もしかしてお二人はラブラブなカップルなのでは⁉」

「なんだこのデジャヴ」

そうツッコんでみたものの、思い返してみればたしかに由衣の言う通りだ。

初対面の時からそうだったから、これまで気にしたことがなかった。

俺としても別にそれで構わないしな。

しかし、だからと言ってすぐさまカップル認定はないだろう。

「タメ口くらい、そんな大したことじゃないだろ？　別に由衣もそうしたかったらしてもいいんだぞ」

「えっ……そ、それはちょっと……周りに勘違いされたら困りますし……」

由衣は両手の人差し指をちょんちょんとしながら、もじもじしていた。

以前、華が由衣について思い込みが激しいと言っていたことを思い出す。

これはこれで、なんだか眺めるのが楽しくなってきた。

なのでひとまず放置しておくことにした。

そんな会話を繰り広げながら歩くこと数十分、俺たちは本日の拠点となりそうな場所に

到達した。

ひとまずこの場所を中心に活動するべきだろう。

今日の目標は華に冒険者の心得を教えること。それとともに、できれば技能模倣の練習も行いたいところだったんだが……

「由衣と零もいるけど、華はそれでも構わないのかな？　おーい、華ー！」

その疑問を解消するため、俺は華を呼んだ。

華はぴょこぴょことこちらに来る。

「お兄ちゃん、どうしたの？」

「いや、今日の一番の目的は華に冒険者の心得を教えることだけど、できれば技能模倣の使い方も検証しておきたかったんだ。でも今は由衣と零がいるし、華がどう考えてるか聞きたいと思ってな」

「問題ないよ！　私は二人にならこのスキルのこと、教えてもいいって思ってるから」

「そうなのか？　けど由衣はまだ分かるとして、零は初対面だろ？」

「お兄ちゃんが判断を私に委ねるってことは、少なくともお兄ちゃん自身は零先輩のことを信頼しているんでしょ？　なら、きっと大丈夫だよ」

「……そうか」

それだけ俺を信頼してくれているということだろう。

心が温かくなると同時に、冷静な頭が一つの事柄を思い浮かべる。

俺はまだ華に、ダンジョン内転移の真価について説明していない。

それは決して華を信頼していないからではなく、話すべきタイミングを見計らっているためだ。

ダンジョン内転移は普通のユニークスキルとは大きく異なっている。

戦闘面での有用性は普通のユニークスキルに大きく劣るものの、レベルアップの効率を通常の数十倍にまで引き上げてくれるという点で一線を画す。

後ろ盾も何もない状態で、このスキルについて広めるわけにはいかない。

俺という存在の取り合いになるだけならまだマシで、敵対した者たちからは命を狙われる可能性があるから。

「後ろ盾……か」

逆に言えば、それさえあれば公表することもできるのかもしれない。

妹の華ごと守ってくれるような、簡単には手を出せない後ろ盾。

この国か、それとももっと身近なところでいうとギルドか。

しかし、少なくとも世界トップランカーを複数抱えているギルドでもなければ、あまり効果はないだろう。

となると、結局のところ俺がさらなる力をつけるのが先決に思える。

もう少しだけ、この力を華に伝えるのは待ちたい。

そんなことをつい、考えてしまった。

さて、それはさておき。

華の意見も聞けたところでさっそく技能模倣を試してみることにしよう。

簡単にスキルの情報について由衣と零に説明すると、二人は驚いていた。

「それはすごいスキル。さすがは凛の妹なだけある」

零は腕を組み、通ぶった表情でこくこくと頷いていた。

いったい彼女はどの立場なんだろう。

リアクションがより大きかったのは由衣だ。

「ユニークスキルなんて、すごいよ華ちゃん！　それにたしか零ちゃんもそうだったし、ここにいる半分がユニークスキル持ちだなんてびっくり！　どうしましょう凛先輩、私たちだけ普通のスキルしか持っていませんし、なんだか二人が眩《まぶ》しいですね！」

「え？」

「え？」

そういえば由衣に話したことはなかったか。

思わず素で驚いた俺の反応を見て、由衣もきょとんとした表情を浮かべる。

助け舟を出してくれたのは華だった。

「由衣先輩、お兄ちゃんも一応ユニークスキル持ちですよ」

「えっ⁉　聞いてませんよ凛先輩！　この裏切り者ー！」

「ちなみに戦闘とかで使い物にならないよわよわスキルらしいですけど」

「信じてましたよ凛先輩！　これからも仲良くしてくださっ⁉」

俺は両手で由衣の頬《ほお》を引っ張った。

むにむに。

そうこうしているうちに、向こうは向こうで話をしていた。

「零先輩もユニークスキルを持っているんですか？」

「うん――【魔《ま》法剣《ほうけん》】」

零がそう唱えると、彼女の前に目に見えるほどの魔力が集う。

そして――

「四剣《カルテット》」

――そう呟いた瞬間、炎、氷、風、雷の刃《やいば》を持った四本の剣が現れた。

四本の剣を自分の体の周りに浮かせながら、零は口を開く。

「こんな感じ。自分が想像した剣を幾らでも生み出すことができる。風の刃で敵を切り裂く剣だったり、敵に触れた瞬間爆発する剣だったり、色々。もっとも性能を強力かつ複雑にするごとに、ＭＰを大量に使用することになるけど」

「これはたしかに凄《すご》いですね」

「うん、それにとっても綺麗《きれい》！」

華と由衣はその様子を見て心から称賛していた。

そして、それは一度彼女と共闘したことがある俺もまた同様だった。

前に見た時は風と炎の剣だけだったから、こうしてまとめて見たらなかなか壮観だ。

言ってしまえば、剣という形ならばなんでも創造できるということ。それも魔法を内包した上で。

華の技能模倣に勝るとも劣らない、強力なユニークスキルだ。

零は魔法剣を消すと、俺を見る。

「それで、凛。この後はどうするの？」

「ああ、そうだな。技能模倣を実際に試してみたいんだが……」

やっぱり手っ取り早く性能を確かめるには、攻撃スキルを使ってみるのが一番だろう。

しかし、華が今コピーできるのはLV1のスキルまで。

俺が保有しているLV1のスキルは隠蔽だけなのであまり適していない。

だからと言って何の心配もすることはない。

なぜならこの場には俺以外にも二人の冒険者がいるのだから。

華はそういった意図で呼んだわけじゃないと思うが、運も含めての実力。

やっぱりうちの華は天才だ！

兄バカを炸裂《さくれつ》させたところで、俺はさっそく由衣と零に頼んでみる。

「よかったら、二人の持っているLV1の攻撃スキルを華にコピーさせてくれないか？」

その頼みを聞いた二人は、顔を見合わせる。

そして不敵に笑った後、俺に向けて言った。

「ごめん、LV2以上のスキルしかない」

「私、攻撃スキル一つも持っていません！」

よし、解散！

この場にいる誰一人としてLV1の攻撃スキルを持っておらず、どうしようかと考えた矢先だった。由衣が「あっ」と呟《つぶや》くと、手を動かし始める。

「もともと取るつもりだったし、せっかくの機会だからいいよね？　初級魔法LV１獲得っと」

　呟きを聞くに、どうやらたったいま初級魔法を入手したみたいだ。

「由衣、別に無理にスキルまで取ってくれる必要はないんだぞ」

「いえ、実はギルドの先輩からも、一つくらいは自分の身を守るために攻撃手段を用意しておいた方がいいって言われていたところなんです！」

「そうなのか？　けど由衣くらいのレベルだと、少しのＳＰでもかなり貴重だろ？　いま使ってしまってよかったのか？」

「その点についてもご心配なく。つい先日、私は１５０レベルを超えたので！」

　由衣の発言に俺は目を見開いた。

「初めて会った時は80やそこらじゃなかったっけ？　この短期間によくそこまで伸びたな」

「えへへ、そうはいってもすごいのは私じゃなくてギルドなんですけどね。ギルドの人たちはやっぱり効率的なレベル上げ方法を色々知っているみたいで、私もそれを教えてもらって実行しているんです」

　たしか、由衣の所属しているギルドは【宵月《よいづき》】だったか。

　国内有数のギルドだということもあり、その辺りは充実しているのだろう。

と、ここで突如として由衣が何かを閃《ひらめ》いたかのような声を出す。

「あっ、そうだ！　聞いてください凛先輩。ギルドに二つ年上のすっごくかっこいい先輩がいるんですよ。物腰柔らかで、丁寧で、実力もあって、周りのメンバーからも尊敬されていて……そんな凄い方に色々と私も教えてもらったんですよ！　これを聞いて何か思うところはありませんか？」

「……よかったな？」

「むぅ、もう凛先輩なんて知りません！」

その返答が不満だったのか由衣はそっぽを向いてしまった。

どうやらバッドコミュニケーションだったらしい。

まあ、いい。伝えるべきことだけは伝えておこう。

「なんにせよ、由衣が初級魔法を獲得してくれたことで助かったのは事実だ。ありがとな」

「っ……ま、まあ、感謝されるのは悪い気分ではないですからね、受け取っておきます！」

一転、由衣は嬉《うれ》しさを隠しきれていないような表情でそう答えた。

由衣の協力を得られたところでさっそく技能模倣の検証に移る。

「それじゃ、借りるね、由衣先輩」

「どうぞだよ、華ちゃん！」

「――技能模倣。うん、コピーできた！」

準備ができたので、さっそく魔物と戦闘だ。

「華と由衣、二人が同じ魔法を使った時の差を確かめたい。まずは由衣からお願いしたいんだが大丈夫か？」

「はい、任せてください！」

そんなことを話していると、目の前にレッサーウルフが現れる。

5レベルのかなり弱い魔物だ。

「由衣」

「分かっています――ファイアボール！」

「ギャウッ」

由衣の手から放たれた炎の球が、レッサーウルフに直撃する。

たった一撃でレッサーウルフを倒すことができた。

「次は華だな。準備はいいか？」

「う、うん。任せて！」

どうやら初めて魔法を使用するという事実に緊張しているみたいだ。

使い方は教えてあげたから大丈夫だとは思うが。

その後、もう一体レッサーウルフが現れる。

華は周りより一歩前に出て、大きな声で唱える。

「ファイアボール！」

華の手から放たれた炎の球は、由衣のそれと比べてかなり小さかった。

そのため攻撃を喰《く》らったレッサーウルフは少しうろたえた後、華に向かって駆けてくる。

「ガルゥ!?」

レッサーウルフが俺に蹴り飛ばされて死んだ後、皆で今の検証結果について話し合う。

「どうやら華の技能模倣は、コピーした魔法の威力をそのまま再現することができないみたいだな」

魔法の威力はスキルレベルと、術者の知力ステータスによって決まる。

レベルが低い華は当然ながら知力ステータスも低いため、由衣が使うそれと比べて格段に威力は劣っていた。

「ユニークスキルとはいえ、無条件に高レベル者と同じ力は扱えないってことだな」

「むぅ、ってことは、私のスキルは弱いってことなのかな？」

「そんなわけあるか。逆に言えば華のレベルが上がるのに比例してコピーしたスキルの力も強まっていくってことだし、スキルの中にはスキルレベルでダメージ固定のものもある。

結局は使い方次第だ」

「そっか……なら、少しでも強くなれるよう頑張らなきゃね！」

「ああ」

ひとまず技能模倣の検証をそこで終え、残りの時間は冒険者としての心得を教えた。

一通りのことを伝えたタイミングで、俺はその場に座り休憩する。

そして魔物と戦っている華、由衣、零の三人を眺める。

そして、少し突拍子のないことが頭に浮かぶ。

「近距離、中距離の戦闘が可能な零に、遠距離からの支援が得意な由衣。それからどちらも対応可能な華。意外とバランスがいいんだよな。欲を言えば前衛に特化した存在……タンクでも加われば、かなり強力なパーティーになりそうなもんだが」

しかし、これはあくまでいま俺が思っただけで、現実感のない妄想だ。

三人のレベルはそれぞれかけ離れているし、そもそも由衣はギルド所属。

この妄想が現実のものとなることはないだろう。

そう、それこそ三人のレベルが近くなり、同じギルドに所属するなんてことにでもならない限りは。

「ま、いずれにせよ、今考えることじゃないか」

それから約一時間、ダンジョン内での活動は続いた。

華に伝えたいことは伝えられたし、零や由衣といった先輩冒険者と交流する時間にもなった。

結果として、かなり充実した一日だった。

そして翌日から、再びダンジョン周回の日々が始まる。

十個目のダンジョン踏破を終えたのは、それから約一週間後のことだった。

◇◆◇

『貴方《あなた》は本ダンジョンを規定回数攻略しました』

『ボーナス報酬　レベルが25アップしました』

『今後、貴方が本ダンジョンを攻略しても報酬は与えられません』

「終わったぁぁぁあああああ！」

Cランクダンジョン――【新見《にいみ》ダンジョン】の最下層。

脳内に鳴り響くシステム音を聞き、俺は全力でそう叫んだ。

これにてとうとう、十個目のダンジョン踏破を果たせたのだ。

大げさなリアクションを取ってしまうのも許してほしいところである。

「念のため、称号の方も確認してっと」

そう呟きながら、俺はステータス画面を開く。


【ダンジョン踏破者《とうはしゃ》（10／10）】
・ダンジョンを踏破した者に与えられる称号。
・特定数のダンジョンを踏破することによって、ある恩恵が与えられる。

この称号には、特定数のダンジョンを踏破することによって、ある恩恵が与えられると書かれてある。

新たに称号の効果が増えるのか、なんらかのスキルを手に入れられるのか。

どのような恩恵が与えられるのか、ずっとわくわくしながら待っていたのだ。

今こうして何も考えず喜ぶくらいは構わないだろう。

「さあ、もらえるものはいったいなんだ？　俺にはダンジョン内転移があったから二か月くらいでクリアできただけで、本来なら超高難易度の条件なんだ。相当いいものがもらえるはずだけど……」

そんな期待を胸に抱く。

しかし、実際に与えられた恩恵は想像とは全く異なるものだった。

『称号保持者のダンジョン踏破数が10に達したことを確認しました』

『恩恵として、エクストラダンジョン【隔絶の魔塔】への挑戦権が与えられます』

「……何？」

システム音が告げる内容を理解することができず、思わず首を傾《かし》げてしまう。

隔絶の魔塔への挑戦権、と言ったのか？

疑問に思う俺に応えてくれたわけではないだろうが、さらにシステム音は続く。

『対象者の現在のステータスをインプットしました』

『対象者は隔絶の魔塔に挑戦するまで、次のレベルアップをすることができません』

『対象者のステータスに合わせ、隔絶の魔塔の内部情報を変更します』

『ＥＲＲＯＲ。隔絶の魔塔が存在していません。対象者は世界初となる挑戦者であることを確認しました』

『隔絶の魔塔の生成を行います』

次の瞬間、俺がいるダンジョン全体が——否《いや》、世界が揺れた。

「っ、なんだ⁉」

しかし、ダンジョン内にいる今の状況では何が起きているのか確かめる術《すべ》はない。

結局揺れが収まるまでの数分間、俺はその場で耐えるしかなかった。

揺れが収まったタイミングで、システム音は再開する。

『隔絶の魔塔の生成が完了しました』

『それでは、対象者の挑戦をお待ちしています』

それ以上、システム音が続くことはなかった。

その代わり、俺の目の前に一枚の紙が落ちてくる。

「これは……」

鑑定を使用すると、情報を読み取ることができた。

【隔絶の魔塔への挑戦チケット】
対象者：天音　凛
・10個のダンジョンを踏破した者に与えられるチケット。
・隔絶の魔塔付近にてこのチケットを破くことで、1度だけ隔絶の魔塔に挑戦することができる。

「正直、まだ情報を呑《の》み込めてないが……とにかく、これを使って隔絶の魔塔とやらに挑戦しろってことだよな？」

本音を言うと、こんなよく分からない招待に応じてやる義理はないのだが、問題はシステム音が告げた一つの文言。

隔絶の魔塔へ挑戦するまでレベルアップができないというのは、看過できない問題だ。

結局のところ、俺には挑戦する以外の選択肢が残っていない。

「ただ、そもそも隔絶の魔塔ってなんなんだ？　そんな単語聞いたことがないし、場所が分からないと行きようもないんだが……っと、ようやく転移魔法が発動するのか」

あの不可解な揺れと関係があるのか、通常より随分と時間が経《た》ってから転移魔法が発動する。

それによって俺は帰還《きかん》区域《くいき》へと転移し、そのまま地上に出た。

そして、刮目《かつもく》することになる。

「なんだ、あれは……？」

目の前に広がる光景に、俺は言葉を失った。

俺だけじゃない。周囲にいる者たち全てが同じ方向を見て、目を見開いていた。

ここから遥《はる》か彼方《かなた》に聳《そび》え立つのは、天を貫くほどの巨大な塔だった。

昨日まで。いや、つい先ほどまであんなものは存在しなかったはず。

世界中の誰もがあの正体を知らない中、きっと俺だけが知っている。

「あれが隔絶の魔塔……俺が、これから挑戦することになるダンジョンだ」

そして俺は、翌日よりあの場所に挑み、知ることになる。

本当の意味でのダンジョン攻略というモノを。

【天音　凛】
レベル：６６０４　ＳＰ：３０１０
称号：ダンジョン踏破者（10／10）・無名の剣豪・終焉《しゅうえん》を齎《もたら》す者《もの》（ＥＲＲＯＲ）
ＨＰ：５２１００／５２１００　ＭＰ：１３９４０／１３９４０
攻撃力：１２６３０　耐久力：１０５８０　速　度：１３４３０
知　力：９９７０　抵抗力：１００１０　幸　運：９４２０
スキル：ダンジョン内転移LV18・身体強化LVＭＡＸ・剛力LVＭＡＸ・金剛力LV６・高速移動LVＭＡＸ・疾風LV６・魔力上昇LV２・魔力回復LV２・索敵LV４・隠密《おんみつ》LV４・状態異常耐性LV４・鑑定・アイテムボックスLV５・隠蔽LV１

【ダンジョン内転移LV18】
使用ＭＰ：２ＭＰ×距離（Ｍ）。
条　件：発動者が足を踏み入れたことのあるダンジョン内に対してのみ転移可。
転移距離：最大で４００メートル。
発動時間：０・８秒×距離（Ｍ）。

対象範囲：発動者と発動者が身に纏《まと》うもの。

【無名の騎士《ネームレス・ナイト》の剣】
・無名の騎士が装備していた剣。
・装備推奨レベル：６０００
・攻撃力＋６０００
・敵（人・魔物）のレベルが自分より高かった場合、ＨＰとＭＰを除くステータスの全パラメータを＋56％。

第三章　隔絶の魔塔

エクストラダンジョン【隔絶の魔塔】が現れた日の夜。

ワイドショーの話題はもっぱらそれ一色だった。

『御覧の通り、ダンジョンと思わしき建造物が突如として出現しました。ただ、通常のダンジョンと異なる点が幾つも存在します。通常のダンジョンは地中に出現するのにもかかわらず、この建造物は地上に巨大な塔の形で出現しました。塔の頂上は雲より高い位置にありますが、どういう原理か視認することができません。さらに調査の結果、この建造物にはダンジョンであれば存在するはずのゲートが見当たらず中に入ることは不可能なようです。他にも幾つかの疑問点が存在し――』

テレビの中でリポーターが話しているのを、俺と華《はな》は一緒に眺めていた。

「地上に現れたダンジョン、か。たしかに不思議だね」

「……そうだな」

華の言葉に俺は頷《うなず》いた。

あれが隔絶の魔塔であると知ってはいるが、なぜ地上に現れたのかは俺にも分からない。

中に入りさえすれば、その理由も分かるのだろうか？

なんにせよ、今の俺には隔絶の魔塔に挑戦する以外の選択肢はない。

体調的にも問題ないし、さっそく明日行ってみるつもりだ。

ただ、不安な点は幾つかある。

まず、俺はダンジョン出現後の初挑戦者になったことがない。

常にある程度の攻略情報が揃《そろ》ったダンジョンに、入念な準備をした上で挑戦してきた。

今回、俺は初めて何の情報もない状態で、ダンジョン攻略をすることになる。

できる限りの準備はしておかなくてはならない。

そもそも、一日で攻略できるような規模かどうかさえ分からない。食料なども持っておいた方がいいだろう。こういう時はアイテムボックスがかなり便利だ。

あと、やっておかなければならないことは……報告か。

「華。悪いんだけど明日からちょっと遠出するから数日間は家に戻らないかもしれない」

「？　どこに行くの？」

「それは……秘密だ」

「っ！　まさか彼女ができたの!?」

「違うし、そんな話があったことはこれまで一度もない」

「ご、ごめんね、お兄ちゃん……」

なぜか華が真剣な顔で謝ってくる。

別に俺は怒ってないのにおかしいなーあはは。

少し間を置いた後、華は改めて口を開く。

「数日間って、正確にはどれくらいなの？　もう少しでダンジョン内実習があるけど、それには間に合いそう？」

「む、そう言えばそんなのがあったな……」

華が正式な冒険者資格を手に入れるために必要な実習だ。

そちらに関しても保護者などの同行が許されている。

だから俺もできればついていきたいと思っていたが……

「絶対とは言えないけど、できるだけそれに間に合うように頑張るよ」

「そっか、分かった。まあ私はこの前お兄ちゃんたちに色々と教えてもらったし、同行者がいなくても問題ないとは思うんだけどね」

「こら、ダンジョンで油断は禁物だぞ」

「分かってまーす」

そんなやりとりで会話を終え、俺は明日に備えて早めに寝ることにした。

隔絶の魔塔に何が待ち受けているか。

期待と不安が半々といった状態で、眠りに落ちるのだった。

翌日。

俺は隔絶の魔塔に行く前に、冒険者御用達《ごようたし》の店で買い物をしていた。

既に五千万円を超えている貯金のほとんどを使い果たすつもりで、必要と思えるものを買っていく。体力回復薬、魔力回復薬、極大爆石《ばくせき》、それから新たに一振りの短剣を購入した。

これだけあれば、かなりのシチュエーションに対応できることだろう。

買い物を終えた後、その足で俺は隔絶の魔塔に向かった。

自宅からは約一時間。人が住んでない自然の中に、ポツンと建つ巨大な塔。

それを取り囲むように、ダンジョン協会のスタッフらしき人たちがいた。

「そりゃ、こんなもんが突然現れたんだ。調査するのは当然か……仕方ない、隠密」

彼らに気付かれないよう、隠密を用いて塔のふもとにまで移動する。

高レベルな索敵スキルを保有している者がいたらバレる可能性はあったが、どうやらその心配はいらなかったらしい。

「ここまでくれば十分だろう」

アイテムボックスから隔絶の魔塔への挑戦チケットを取り出す。

挑戦できるのは一度のみ。

俺は迷うことなくそのチケットを破いた。

その瞬間、俺の体が淡い白色の魔力で包まれる。

「さあ、満を持して現れたエクストラダンジョンとやらがどんなものか見せてもらおうか」

そう呟《つぶや》いた直後、転移魔法が発動するのだった。

◇◆◇

転移魔法が発動し、隔絶の魔塔の中に入ることに成功する。

そこに広がる光景を前にして、俺は思わず目を疑った。

「なんだ、ここは……」

眼前には、どこまでも続く草原が広がっていた。

魔塔の大きさから考えて、俺がどこにいても内側の壁が目視できるはずなのだが、それさえ見当たらなかった。

そして何よりも衝撃的なのは上空に広がる青空だった。

ここが建造物の中であると言われて信じる者は、はたして存在するのだろうか？

「広さや青空からして、どう考えたって塔の中にあるのは辻褄《つじつま》が合わない。魔法か何かで内側を拡大していたりするのか？　そんな魔法があるなんて聞いたことはないけど、そもそもこの魔塔が現れたのだって世界初みたいなこと言ってたしな……」

幾つかの可能性を考えるも、どれも確信には至らない。

考えるだけ時間の無駄だと割り切って、今できることを確認しよう。

「普通のダンジョンとは違うみたいだが、ダンジョン内転移《ないてんい》はちゃんと使用できるのか？　試してみるか——ダンジョン内転移」

唱えると、1メートル先に転移することができた。

ダンジョン内転移が発動できるなら、仕組みが違ったとしても、ここがダンジョンの中であることは間違いないだろう。

問題はここから、俺が何をすればいいかだが……

「空高く伸びる塔なんだから、上の階層を目指せばいいと思っていたんだが……上に続く階段はないし、そもそも上は空だし。いきなり詰んだぞ」

とりあえず、この辺りを探索するべきか。

そう思った直後、システム音が鳴り響く。

『対象者：天音《あまね》　凛《りん》が【隔絶の魔塔】に入場しました』

『隔絶の魔塔は全十階層で構成されています』

『各階層には一つずつクエストが存在し、そのクエストをクリアすることで次の階層に進むことができます』

『第一階層のクエストは【魔狼《まろう》の殲滅《せんめつ》】です。階層内にいる魔物を全て討伐してください』

システム音はそこで終わった。

どうやら俺に伝えたいことはそれで全てらしい。

「全十階層に、階層ごとにあるクエスト……か。これはまた一段とゲーム染みてきたな。まあいい。とにかく、こうなったからにはやるしかない」

第一階層のクエストは、この階層内に現れる魔物を全て討伐するというものらしい。

さっそく俺は索敵のスキルを使用し、周囲に魔物がいないか確かめる。

すると、すぐに見つかった。

「少し離れたところに五体反応がある。かなりの速さで移動しているみたいだが……って、俺に向かってきてないか？」

その予想は正しかった。

十秒後、俺の視界に五体の魔物が飛び込んでくる。

というか、あれは――

「ファイアウルフ？」

つい先日、魔狼《まろう》ダンジョンで何度も戦った魔物だ。

赤色の毛並みが特徴的なファイアウルフが五体、群れになって俺に襲い掛かってくる。

「なるほど、だから魔狼の殲滅か。なんにせよ、まずはアイツらを倒せばいいんだな」

俺はアイテムボックスから無名剣《ネームレス》を取り出したうえで、走ってくるファイアウルフに鑑定を使用する。

すると、驚愕《きょうがく》の結果が返ってきた。


【ファイアウルフ】
・レベル：４０００
・防火性に優れた赤色の毛皮に包まれた、狼《おおかみ》型の魔物。俊敏な動きと、口から放たれる炎が強力。

「４０００⁉」

想像を遥《はる》かに上回るレベルを見て、思わずそう叫んでしまう。

魔狼ダンジョン内で現れた時は、たしか１０００レベル台だったはず。

ここではかなり強力になっていた。

あの小さな体の中に、キングレインボーウルフを上回るほどのパワーと魔力を秘めているのだろう。

レベルは俺より低いとはいえ、決して油断はできない敵だ。

「──いくぞ！」

全力で地を蹴り、一気にこちらから攻撃を仕掛ける。

魔狼の指輪（真）を装備しているとはいえ、ファイアウルフの魔法攻撃は厄介だ。

向こうには何もさせずに倒してしまうのが一番いい！

「喰《く》らえ！」

「ギャウッ⁉」

急襲は功を奏し、向こうの戦闘準備が整う前に一体の首を斬り落とすことに成功した。

残りは四体。まだまだ油断はできない。

「ガウッ！」

「バウッ！」

「くっ！」

俺を取り囲むようにして、四体のファイアウルフが炎を放ってくる。

空中に跳び炎を回避した後、その勢いのまま敵目掛けて剣を振り下ろす。

「――二体目！」

「ギャン⁉」

二体目の首を斬り落とした後、そのまま三体目に素早く接近する。

ファイアウルフが放った炎が逆に奴《やつ》らの視界を覆い、連携を取りにくくしていた。

俺はその隙を逃さず、次々と残りの敵に斬りかかっていく。

「三体目！　四体目！　――これでラストだ！」

その後十秒足らずで、残る三体を討伐することに成功する。

なんとかこちらはダメージを負うことなく戦闘を終えることができた。

すると、倒したばかりの魔狼たちが一瞬のうちに消滅していく。

どうやらこのダンジョンでは素材を回収することはできないようだ。

「なんにせよ、まずは五体討伐完了っと。この数だから簡単に倒せたけど、十体を超えてやってこられたり、色々な種類が混ざったりしたら相当面倒なことになりそうだな」

先は思いやられるが、それでも必死にやるしかない。

今の俺にはそれ以外の選択肢が残されていないのだから。

「けど、この階層内にいる魔物は全部でどれくらいなんだ？　１００体？　２００体？　それくらいならなんとかなるかもだけど、５００体を超えたあたりから危なくなってくるな……」

数が増えれば、それだけＨＰ《ヒットポイント》やＭＰ《マジックポイント》、体力が削られてしまう。

ソロである俺にとって、ザコ敵との連戦は正直かなり嫌な部類に入る。

それならば強力な魔物を一体倒す方がまだ楽かもしれない。

「まあ、文句なんて言ってる暇はないか。なんとしてもこのクエストを攻略して、この階層を突破してみせる！　ここから先は泣き言なしだ、やってやるぞ――ッ」

その時だった。

突然、辺り一帯に地響きが生じる。

「なんだ？　いったい、何が起きて――」

俺は原因を探るように周囲を見渡し、そして見つけた――見つけてしまった。

この地響きの正体を。

「おい、待て。待ってくれ。なんなんだあれは……」

俺を目掛けて進行してくる、巨大な黒い影。

否《いや》、それは一つの影ではない。大量の魔物が集まることによって遠目からではそう見えてしまっただけだ。

先ほど五体と戦って考えたことが馬鹿馬鹿しくなるほどの魔物たちが、俺に迫ってくる。

もはや１００や２００では収まらないほどの数だった。

その時、俺の眼前にとある文言が浮かび上がる。

それを見て、俺は思わず世界を呪った。

第一階層　クエスト【魔狼の殲滅】
・第一階層内にいる全ての魔物の討伐。
・現在討伐数（５／５０００）

「………あの、おうち帰っていいですか？」

宣言から数秒後、俺はさっそく泣き言を零《こぼ》すのだった。

そして、地獄が始まった。

◇◆◇

『経験値獲得　レベルが1アップしました』

『経験値獲得　レベルが1アップしました』

『経験値獲得　レベルが1アップしました』

魔狼の群れと戦い続けて、どれだけ時間が経《た》っただろうか。

そんなことを考える余裕もないほどに、俺は全神経を注ぎ、目の前にいる敵と戦いを繰り広げていた。

「はぁああああ！」

叫びながら、俺は手にしている短剣を振るう。

銀色の刃《やいば》がポイズンウルフの喉を深く切り裂いた。

【速剣《そっけん》】
・鍛冶スキルを用いて作成された短剣。
・装備推奨レベル：４０００
・攻撃力＋３０００
・速度＋１５００

本日、隔絶の魔塔に来る前に購入した短剣。

これまで使用してきた武器とは違い、鍛冶スキルを持つ冒険者が作成したものである。

もしもの時のことを考え、こうして用意しておいたのだ。

レベルの低い敵に無名剣を使ったところで特殊能力は発揮されないし、どうしても大振りになって動きが制限されてしまう。

その点、この短剣なら細かい動きが可能になる上に、速度パラメータまで上げてくれる。

攻撃力は少し落ちるが、それでも一撃で討伐できるから大した問題はない。

敵の攻撃を喰らわないよう、戦場を縦横無尽に駆け巡りながら、俺と魔狼たちの戦いは続いていた。

「バウッ！」

「ガアッ！」

「ちっ！」

ウォーターウルフとアースウルフの魔法攻撃が飛んできたため回避しようとするも、僅かに遅れてしまい、俺の体をかすする。

魔狼の指輪（真）の効果もありダメージは減少しているもののＨＰが削られてしまう。

一撃一撃は取るに足らなくても、それが積み重なっていけば大きな脅威となる。

その証拠に、既に俺のＨＰは二割近くも削られてしまっていた。

「仕方ない、これを使うしかないか――疾風！」

【疾　風LV6】：速度を＋60％（1秒につき10ＭＰを消費する）。

長期戦になると思っていたためＭＰを大量に消費するスキルの使用は控えていたが、そ

うも言ってられない状況だ。

一刻も早く、ここにいる敵を倒さなければならない。

「――やってやる！」

そして俺は、残る魔狼の討伐を続けた。


『経験値獲得　レベルが１アップしました』

『経験値獲得　レベルが１アップしました』

『経験値獲得　レベルが１アップしました』


「うおおおおおお！」

それからさらに戦いを続け、手が痺《しび》れ、疲労が溜《た》まり始めた頃。

第一陣として現れた魔狼たちのほとんどを倒し終え、ひとまずの休息を得られると思った、その直後だった。

「グォオオオオ！」

「グルゥウウウ！」

「――――これは！」

【キングレインボーウルフ】
・レベル：７０００
・９色の毛皮に包まれた、狼型の魔物。巨軀《きょく》に見合わぬ俊敏な動きと、多種多様な魔力による攻撃が強力。

他よりも一回り大きく、強力になったキングレインボーウルフが二体同時に現れた。

正確には数えていないが、既に千体近い魔狼と戦った後に訪れた脅威。

思わず、俺は叫んでしまった。

「よし、休憩タイムだ！」

比較的楽に倒せる敵（格上×２）がきた！

俺は武器を無名剣に替えて応戦する。

少しレベルが低い格下を数百体相手にするくらいなら、少しレベルが高い少数の相手と戦う方が圧倒的にやりやすい！

ボーナスタイムだ！

「溜まった鬱憤を晴らさせてもらうぞ！」

怒りをぶつけるようにして、無名剣で何度も斬りかかっていく。

ほとんど何も考えていない野性的な戦闘スタイルだったが、無事に二体のキングレインボーウルフを討伐できた。

それにて、ひとまず第一陣を全て討伐することができたのだった。

『経験値獲得　レベルが10アップしました』

『経験値獲得　レベルが９アップしました』

第一階層　クエスト【魔狼の殲滅《せんめつ》】

・第一階層内にいる全ての魔物の討伐。

・現在討伐数（１０３２／５０００）

◇◆◇

「ふー、これでようやく五分の一か……」

体力回復薬と魔力回復薬を飲みながら、俺は状況を整理していた。

一時間以上戦い続けて、まだそれだけしか倒せていないという事実に思わず心が折れそうになる。

問題は心だけではなく体力もだ。

ＨＰやＭＰは回復薬で増やせても、疲労はそうもいかない。

ここから先、さらなる激戦が待ち受けているはず。

「仕方ない、スキルのレベルを上げるか」

ステータス画面を開き、ＳＰ《スキルポイント》が３６１０あることを確認する。

今の戦いで40強レベルが上がったため、その分ＳＰも増えていた。

その全てを、俺は一つのスキルに費やす。

スキル魔力上昇を、一気にLV２からLV５まで上げた。

【魔力上昇LV５】：ＭＰを＋50％。

「よし、これで疾風を発動できる時間が増える。あれを使っているうちはやっぱりだいぶ戦いやすかったからな。残りと戦う時にもできるだけ使いたい」

敵は群れ。一度でも主導権を渡してしまえば、いとも簡単に俺は蹂躙《じゅうりん》されるだろう。だからこそ一切の油断なく、最初から最後まで俺が優位に立ち続けなければならない。

と、そこで再び地響きが生じる。

地響きは先ほどのそれよりも遥《はる》かに大きい。

俺は立ち上がり、速剣を構えた。

「よし——いくぞ」

俺は力強く地面を蹴り、魔狼の群れ目掛けて駆け出した。


それからどれだけの時間、俺は戦い続けているのだろうか。

三千体を超えたあたりから、どれだけの魔狼を倒したか、大まかに把握することさえできなくなった。

結局あれから休憩のタイミングはなく、連続で第三陣、第四陣が現れたせいだ。

魔狼の咆哮《ほうこう》も、レベルアップのシステム音もうまく聞こえない。

俺に向けて放たれた魔法を反射的に躱《かわ》し、次々と短剣で敵の首を斬っていく。

既に手の感覚は失われ、無意識の状態でただ短剣を振り続けていた。

しかしその傍ら、冷静さを保ち続けている頭の片隅で、とある思考がなされていた。

冒険者は通常、自分の実力で問題なく攻略できるダンジョンに入念な準備をした上で挑戦する。それが世界のスタンダードだし、俺だって当然そうしていた。

けど、その常識の外側で戦っている者たちがいる。

冒険者の中でも特別優れた存在であるＡランク冒険者――そして、さらにそれを上回るＳランク冒険者のことだ。

彼らは毎日のように、これまで誰一人として攻略したことのないような高難易度ダンジョンに挑戦している。

彼らにとって、想定外の事態は常識。

常日頃から自分を上回る強敵と戦っているはずだ。

そしてきっと、それこそが本来のダンジョン攻略というモノなのだろう。

一瞬の油断が死を招くような、ギリギリの戦い。

それを乗り越えた者にのみ、価値ある報酬が与えられる。

ああ、そうか。

ようやく分かった。

きっと俺は今——本当の意味で、ダンジョンを攻略しているのだ。

俺の目標である、トップクラスの冒険者たちのように。

追いつきたい。

いや、違う。世界最強になるためには彼らを追い越さなければならない。

地獄の底で鍛え続ける彼らを越えるために——俺はきっと、それより深い場所にまで潜らなければならなくなるだろう。

今の俺では、まだそこに辿《たど》り着くことはできない。

それでも、きっといつの日か辿り着かなくてはいけないから。

だから、俺は——

「こんなところで、止まってたまるかぁぁぁ！」

——叫び、剣を振るう。

どれだけ疲れていようが関係ない。

目の前の壁がどれだけ大きくても、俺が立ち止まることは決して許されない。

『経験値獲得　レベルが1アップしました』

『経験値獲得　レベルが8アップしました』

『経験値獲得　レベルが1アップしました』


俺よりレベルの低い敵は短剣で、レベルの高い敵は無名剣を用い、討伐し続けていく。

疲労によって余分な力が抜けた結果、逆に俺の体はもっとも効率的な動きを可能としていた。

そして、戦い続けること約五時間。

とうとう、その瞬間が訪れた。

「うおおおおおお！」

レベル7000のキングレインボーウルフ十体の首を、十秒足らずのうちに全て斬り落とす。その流れのまま次の獲物に向かおうと周囲を見渡すも、違和感を覚えた。

「……あ、れ？　次の敵は……？」

そう、俺に襲い掛かってくる敵がどこにもいないのだ。

振り上げた無名剣が、次の標的を定めることができずゆっくりと下がっていく。

そして、システム音が鳴り響いた。


『第一階層　クエスト【魔狼の殲滅】をクリアしました』

『第一階層攻略報酬　レベルが50アップしました』

第一階層　クエスト【魔狼の殲滅】
・第一階層内にいる全ての魔物の討伐。
・現在討伐数（５０００／５０００）

「……終わったのか」

システム音を聞き終えた俺は頭上を仰ぎながら、小さくそう呟《つぶや》いた。

かくして俺は、隔絶の魔塔、第一階層を突破するのだった。

『レベル：6604↓6900』

『【隔絶の魔塔】内、合計レベルアップ数：296レベル』（第一階層終了時点）

◇◆◇

「終わった〜〜〜！」

第一階層のクエスト【魔狼の殲滅《せんめつ》】のクリアを知らせるシステム音を聞いた俺は、そう叫びながらその場に寝転んだ。

戦闘から意識を切り替えたことによって、一気に疲れが顔を出す。

「つ、疲れた……俺、こんな状態で戦ってたのか。我ながらよくやったよ」

自分で自分を褒めていると、再びシステム音が鳴り響く。

『第一階層をクリアしたため、第二階層への挑戦が可能となりました』

『24時間以内に、次の階層へ挑戦するか、リタイアするかを選択してください』

『リタイアを選択した場合、二度と隔絶の魔塔に挑戦することはできません』

とまあ、そういうことらしい。

これ以上進むのは無理だと思えばリタイアしてもいいし、次の階層に挑戦するにしても二十四時間は休養を取れるということだろう。

「さて、どうするべきか。答えを出す前に、考えておきたいことがあるんだよな」

その内容とはつまり、このダンジョン――隔絶の魔塔には、俺のダンジョン内転移を使用すれば再び入ることが可能なのかという点についてだ。

もし可能ならば、一度引き返すという手もあるかもしれない。

一度挑戦した以上、もう他のダンジョンでレベルアップすることもできるはずだからな。

レベルを倍にしてから戻ってきて楽勝で攻略したい気持ちもある。

「ただ、ここは普通のダンジョンとは違う。ダンジョン内転移でもう一度入れるかは分からないし……何より、もう一度挑戦できたとしてもクエストが発生する保証はない」

システム音の言葉を信じるならば、クエストをクリアしないことには次の階層へ進めない。

これだけの高難易度ダンジョン、攻略報酬も優れたものである可能性が高い。

であるならば、なんとしてもそれを手に入れたい。極力リスクは避けるべきだ。

「となると……答えは一つだよな。次の階層に行くしかない！」

ただ、今すぐにというわけではない。

ＨＰとＭＰ、それから体力を回復させる時間が欲しい。

与えられた二十四時間を最大限有意義に使ってやる！

「……最低限の栄養補給はしなくちゃな」

重い体を起こし、アイテムボックスから用意していた水と食料を取り出す。

ほとんど食欲はなかったが、無理やり食べきった。

続けて、俺はアイテムボックスから寝袋を取り出す。

「野宿する可能性も高いと思って一応用意してたんだよな。魔物の急襲なんかには対応しづらくなるけど、どうやらこの階層には他に魔物はいないみたいだし、まあ大丈夫だろ」

そんなわけで、寝袋に入って眠ろうと試みる。

ただ、うまくはいかなかった。

「――――眩《まぶ》しい！」

上空は青空。辺り一面は草原。

陰もないこんな場所で眠れるわけがなかった。

システム音に対する憎しみが湧き上がる。

「おいシステム音！　この青空、どうにかなったりしないのか!?」

鬱憤を晴らすためにそう叫ぶ。

もちろん、返事を期待していたわけではない。

期待していたわけでは、なかったのだが――

「――えっ？」

――その直後、なんと青空は夜空に変わった。

「まさか俺の言葉に応えてくれたのか？　システム音も、案外優しいところがあるんだな……」

システム音を見直しかけるも、はっと我を取り戻す。

「落ち着け俺！　死ぬほど辛《つら》い目に遭わされた後に、ちょっと優しくしてもらって印象をひっくり返すなんてよくある手法じゃないか。危うく騙《だま》されるところだったぜ……」

危機一髪、難を逃れることに成功した。

システム音はゴミ。この言葉を忘れないよう復唱しよう。

「システム音はゴミ！」

すると、夜空は青空へと戻った。

「嘘《うそ》ですごめんなさい！」

謝ると、再び青空から夜空へと変わる。

「おい、なんだこれは。まるでシステム音に感情があるみたいじゃないか……もういいや、寝よ」

めんどくさくなって、俺はそのまま眠った。

十時間以上、ぐっすりと。

◇◆◇

ぐっすりと睡眠をとった後、俺は体を軽く動かして調子を確かめた。

「うん、悪くない。ＨＰとＭＰもほとんど全回復したし、これなら次の階層にも行けそうだな」

というわけで、さっそく第二階層に挑戦することにする。

ただ、ここで一つ問題が発覚した。

「第二階層へはどうやって行けばいいんだ？　相変わらず上に繋《つな》がる階段もないし……」

そんなことを考えていると、タイミングを見計らったかのようにシステム音が脳内に鳴り響く。

『次の階層へ挑戦するか、リタイアするかの選択ができましたら、どちらか一方を宣言してください』

ふむ。口に出せば応じてくれるということだろう。

俺はすぐに宣言した。

「第二階層へ挑戦する」

『対象者の意思を確認しました。転移を行います』

いつものように、淡い光が俺の体を包み込む。

そして転移魔法が発動し、気が付いた時には、俺は別の場所に立っていた。

「ここはいったい……」

第一階層の、端が見えない広々とした草原とは正反対。

約２００メートル四方の、全面タイル張りの空間に俺は立っていた。

その変わりように思わず驚いてしまう。

「やっぱり普通のダンジョンとは色々と違うみたいだな。とても同じ塔内にあるとは思えない……もしかしたら、本当に各階層が別々の場所にあったりするのかもな」

思わず、そのような突拍子のないことを考えてしまう。

と、いつまでもそんなことを考えている余裕はない。

「第二階層のクエストはなんなんだ？　見渡す限り、魔物は見当たらないけど……」

その疑問に答えてくれたのは、毎度のことながらシステム音だった。

『第二階層のクエストは【投影の騎士《リフレクト・ナイト》】です。対象となる一体の騎士を討伐してください』

システム音はそこで終わった。

クエスト名、投影の騎士。討伐対象は一体のみ。

第一階層のクエストに比べたら随分と楽そうに聞こえるが、逆にそれだけ敵の強さが跳ね上がっているのかもしれない。

「っ、きたか」

すると、向こうもまるで転移魔法でやってきたかのように銀色の鎧《よろい》に全身を包んだ騎士が現れる。細かい部分は違うが、無名の騎士《ネームレス・ナイト》にかなり似ていた。

いつものように俺はその騎士に向かって鑑定を使用する。

「これは……！」

そして、そこに書かれていた文言を見て目を見開いた。

【投影の騎士】
・レベル：６６０４
・【天音　凜】のステータスを反映し、生み出された騎士。
・一部スキルの反映に失敗。

【投影の剣】
・【無名の騎士の剣】の性能を反映し、生み出された剣。
・装備推奨レベル：６０００
・攻撃力＋６０００
・敵（人・魔物）のレベルが自分より高かった場合、ＨＰとＭＰを除くステータスの全パラメータを＋56％。

「俺のステータスと無名剣のコピーだと⁉　そうか、あの時にステータスをインプットされたから……！」

十個目のダンジョン踏破を終えたタイミングで、確かにそのようなシステム音が鳴り響いていた。

「だからと言って、まさかこんなふうに使われるだなんて思ってもいなかったよ」

それでもやるしかない。

俺は無名剣を構えて、投影の騎士と向かい合う。

「さあ、どこからでもかかって――ッ」

その言葉を、俺は最後まで紡ぐことはできなかった。

いつの間にか、投影の騎士は俺の眼前にまで迫っていたから。

こちらの想定よりも格段に速く！

「くそッ！」

投影の騎士が振るった刃《やいば》を、紙一重で回避して距離を取る。

そこで改めて敵を見据えた俺は、額に伝う汗を拭いながら苦笑いを浮かべた。

「そうか、そりゃ想定以上の動きもするよな……なんせお前にはその剣があるんだから」

俺が視線を向けたのは投影の剣――無名剣の性能をコピーした剣だ。

すなわち、格上に対してはステータスが格段に上昇する。

投影の騎士のレベルは６６０４で、現在の俺のレベルは６９００。

――条件が整ってしまった。

「無名の騎士が持っていた時点でその可能性は考慮していたが、やはり魔物が持っても同様の効果は発揮されるんだな。ったく、やりにくいったらありゃしない」

俺がこれまで得意としていた格上狩り。

それを相手から仕掛けられることで、改めて無名剣のチートっぷりを理解する。

「元のステータスと上昇分を含めて、レベルは１００００相当ってことか？　約３０００レベルの差。こちらが圧倒的に不利――」

その事実を理解した俺は、不敵に笑う。

「――だからこそ、挑む価値がある。俺の糧になってもらうぞ、投影の騎士！」

そして、死闘が始まった。

剣と剣がぶつかる音が、フロア全体に響き渡る。

俺の振るう無名剣と、敵の振るう投影の剣がしのぎを削っていた。

優勢なのは投影の騎士。

対する俺は、徐々に押し込まれつつあった。

「強い……！」

こちらは最初から全力で、金剛力と疾風を使用しながら戦いに挑んだ。

これによって攻撃力と速度が＋60％されるため、投影の剣のステータスの全パラメータ＋56％が反映されたとしても、その二つについては上回るはずだった。

しかし、現実はこうして俺の防戦一方となっている。

ここから導き出される答えは一つ。

投影の騎士もまた、金剛力と疾風を使用しているのだ。

鑑定を使用した際、一部スキルの反映に失敗という一文があったが、それは少なくともその二つのことではなかったのだろう。

「速度で上回られると、こうも厄介なのか！」

思わず悪態をついてしまう。

これまで何度も格上の敵と戦ってきたが、無名の騎士やオークジェネラルを含め、常に速度に関してだけは俺が優位に立てていた。

そしてその優位性を活《い》かすことで、俺はなんとか勝利を摑《つか》んできた。

しかし、投影の騎士相手にその手は使えない。

何か別の手段を見つけなくてはならない。

だがそれを考える前に、まずはこの猛攻を食い止めなければならない！

「少々不格好にはなるが、仕方ない——速剣！」

【速剣】
・鍛冶スキルを用いて作成された短剣。
・装備推奨レベル：４１５０
・攻撃力＋３１５０
・速度＋１６００

無名剣を右手に、速剣を左手に持つ、変則二刀流。

普通ならばあり得ないこの形が、今の状況に最も適していると判断した。

武器やスキルの効果は、主に二種類——パッシブとアクティブに分けられる。

パッシブ効果は恒常的に続き、アクティブ効果は特定の状況でしか発揮されない。

ここで速剣を例えに出すならば、攻撃力＋３１５０はアクティブ効果。つまり速剣で攻撃した時にのみ発揮されるものであり、蹴りの威力が高くなったりはしない。

対して、速度＋１６００はパッシブ効果。装備しているだけで発揮されるのだ。

リーチも攻撃力も異なる剣を持つことにより攻撃がしにくくなるというデメリットはあるが、ひとまずそれについては無視だ。

そもそも攻撃できるタイミングがないからな。

なんにせよ、速剣を装備したことにより俺と投影の騎士のスピード差が縮まる。

それでもまだ向こうが大きく上回っているが、回避に徹すれば戦えないこともない。

防戦一方から、隙を見つけて反撃するくらいならできるようになった。

問題は反撃の手段だ。

投影の騎士は攻撃力と速度だけでなく、耐久力なども上昇している。

生半可な攻撃は通用しない……！

何かないか。

たった一つでも、俺が投影の騎士に勝っている点は。

何か――

「――っ、そうだ！」

――脳裏に、一つの可能性が浮かび上がる。

直感的に、その可能性こそ俺が投影の騎士に勝つための唯一無二の策であると理解した。

直後、投影の騎士の攻撃を躱《かわ》したタイミングで、さっそく実行に移す。

「これでも喰《く》らえ」

「――――!?」

俺は無名剣と引き換えにアイテムボックスから爆煙《ばくえん》魔石《ませき》を取り出すと、その場で発動させた。魔物が嫌う白い煙のおかげで、投影の騎士は素早く後ろに退《ひ》いた。

マジックアイテムは投影の騎士が持っておらず、俺が使える武器の一つ。

有効に活用するに越したことはない。

何も真正面から正々堂々勝ちたいわけでもないからな。

続けて俺は、煙の中で小さく唱える。

「隠密《おんみつ》」

【隠　密LV4】：MPを使用し、自分の周囲に存在する人や魔物の認識から消える。

スキル隠密。

敵に目視された状態での成功率は低く、嗅覚に優れた獣系の魔物には効果を発揮しないことも多いので、なかなか使用機会のなかったスキル。

しかし今この状況においては、このスキルが何よりも刺さる。

煙が晴れると、投影の騎士は敵を見失ったせいか、きょろきょろと周囲を見回していた。

どうやら隠密は無事に成功しているみたいだ。

さあ、反撃の時間だ。

心の中で小さくそう呟《つぶや》いた後、俺は投影の騎士とは反対方向に全力疾走した。

隠密を使用した俺は、敵から離れるべく全速力で駆け出した。

フロアの端まで、数秒足らずで到着する。

投影の騎士との距離を１００メートル以上空けることに成功するが、それは一時的なものに過ぎなかった。

「ッ、これは――」

形のない何かが体を這《は》っているかのような違和感。

これは他人の魔力に触れた時の感覚だ。

この場所には自分以外に投影の騎士しかいない。

となると、奴《やつ》が何をしたのか推測するのは容易《たやす》かった。

「索敵だな」

俺の保有している中で、魔力を周囲に拡散するスキルは索敵しかない。

投影の騎士は消えた俺を探すため、このフロア全体に索敵を使用したのだろう。

その証拠に、投影の騎士はもう周囲を見回すこともなく、的確に俺の方を向いていた。

「もう気付かれたのか」

高速でこちらに走ってくる敵を見ながら、俺は無名剣と速剣を構える。

隠密が通用したのは、結局十秒にも満たなかった。

「ァアアア！」

「喰らうかよ！」

金剛力と疾風を同時使用しているであろう敵の剣撃を、再び紙一重で回避していく。

そして隙が生まれたタイミングでは——

「ほらよ」

「!?」

——再び爆煙魔石を発動。

煙でお互いの姿を目視できなくなると、

「隠密」

敵の視界から姿を消し、再びフロアの対角に駆け出していく。

「ァァァアアアア！」

数秒遅れて、索敵を使用した投影の騎士が雄叫《おたけ》びを上げながら迫ってくる。

どことなく怒りに支配されているように見えた。

「これはうまくいきそうだな」

その姿を見て、俺は小さく笑った。

それからしばらくの間、俺は何度も同じ方法で隠密を使用し、それを投影の騎士が索敵を用いて発見するというやりとりを続けていた。

ちなみに爆煙魔石については剣崎《けんざき》ダンジョンを周回していた際にかなりの量を集めていたので、遠慮なく次々と使用することができた。

一見、いたちごっこにも思える戦いを繰り広げること一時間。

唐突に、その瞬間は訪れた。

「ァァァアアア――――？」

俺を追っていた投影の騎士の動きが、急激に遅くなったのだ。

投影の騎士自身も、戸惑ったように動きを止める。

「ようやくきたか！」

それを見た俺は歓喜の言葉とともに、力強く床を蹴り敵に接近した。

速剣をアイテムボックスの中に入れ、無名剣のみで斬りかかる！

「はぁああああ！」

「ッ！」

投影の騎士も俺の攻撃に対応しようとするが、先ほどまでとは一転、俺が明らかに敵を押していた。

力強く振るわれた無名剣は敵の投影の剣を弾《はじ》き、鎧《よろい》に攻撃を加えていく。

なぜ突然こちらが優勢になったのか。

答えは簡単。投影の騎士のＭＰが尽き、金剛力と疾風を使用できなくなったためだ。

もちろん、俺は今もその二つのスキルを使用している。

なぜ俺のＭＰがまだ残っている中、投影の騎士だけがＭＰ切れを起こしているのか。

それには二つの要因が存在していた。

まず一つ目が、投影の剣の性能についてだ。

投影の剣が引き上げてくれるステータスは無名剣と同様、ＨＰとＭＰを除く全パラメータ――逆に言えばＨＰとＭＰは一切増えてはいなかった。

対する俺は、第一階層の段階で魔力上昇スキルをLV２からLV５に上げていた。

これが二つ目の要因。隔絶の魔塔挑戦前に俺のステータスを入手したため、挑戦後の変化まで反映することはできていなかったのだ。

投影の騎士に勝る唯一の部分がＭＰ量であると判断した俺は、そこを武器に戦うべきだと考えた。敵にＭＰ切れを起こさせ、金剛力と疾風を使用できないようにしてやれば対等以上に渡り合うことが可能だからだ。

だからこそ俺は敵のＭＰ消費を促すため、無理にでも広範囲の索敵を使わせた。

当然だが、索敵は範囲が広がれば広がるほど多くのＭＰを消費する。

そのため俺はわざわざフロアの端まで逃げ続けていたのだ。

それを繰り返してようやく生まれたのが、投影の騎士のＭＰ切れという状況。

この好機を絶対に逃すわけにはいかない！

「喰らえ！」

「――――!?」

必死に剣を構え自分の身を守ろうとする投影の騎士だが、俺は軽々とその剣を弾いた。

実は隠密で逃げている間に、金剛力をLV6からLV7に上げておいた。

その分だけ、俺の攻撃力も増している。

スキルを使えない敵に防げる道理はない！

「うぉぉぉおおおおお！」

ここが最終局面だと判断した俺は、敵に反撃する隙を一切与えることなく連撃を浴びせていく。

剣を弾き、鎧を叩《たた》き割り、関節を切断する。

そして、ようやく最期の瞬間が訪れた。

片腕を失い、剣さえ地面に落としてしまった投影の騎士に向けて、俺はトドメの一撃を浴びせる。

「これで終わりだ！」

「アァァアアア――――」

一閃《いっせん》。俺の振るった刃《やいば》は、投影の騎士の体を斜めに両断した。

体が真っ二つになった投影の騎士は、その場に崩れ落ちていく。

そしてシステム音が鳴り響く。

『経験値獲得　レベルが26アップしました』

『第二階層　クエスト【投影の騎士】をクリアしました』

『第二階層攻略報酬　レベルが１００アップしました』

システム音を聞く傍ら、消滅していく投影の騎士を見下ろし、ほっと息をつく。

「……なんとか勝てたか」

かくして俺は、第二階層を突破するのだった。

『レベル：６９００→７０２６』

『【隔絶の魔塔】内、合計レベルアップ数：４２２レベル』（第二階層終了時点）

◇◆◇

第二階層を突破し、第三階層に辿《たど》り着いた俺を待ち受けていたのは【重囲迷路】という名のクエストだった。

第一階層や第二階層と異なり、通常のダンジョン内のような場所に巨大な迷路が広がっている。正解の道を選びゴールに辿り着けばクリアという単純なルールなのだが、問題は道中に現れる魔物だった。

【スケルトンナイト】
・レベル：６０００
・骸骨の姿で行動するアンデッド。ダメージを与えても一切怯《ひる》むことなく反撃してくる。

【スケルトンマジシャン】
・レベル：６５００
・骸骨姿で行動するアンデッド。様々な種類の魔法を扱うことができる。

こうして実際に見るのは初めてだが、ダンジョン内ではわりとありふれた魔物。
このうち、厄介なのはスケルトンマジシャンの方だった。
第三階層は迷路というだけあり、道幅はかなり狭い仕様になっていた。
そのためスケルトンマジシャンが放った魔法を回避するのは、かなり困難だったのだ。
加えて、スケルトンたちは俺を見つけるとすぐに他の仲間を周りから集める。

前方と後方から同時に襲われた時は、正直死ぬかと思った。

でもご安心を。そんな危機的状況でも大丈夫！

そう、ダンジョン内転移さえあればね！

「ダンジョン内転移」

索敵を使用することによって、壁の向こう側の通路に魔物がいないことを確認した上で、ダンジョン内転移を使って移動する。

こうすることによって戦闘を避けながら進むことができていた。

ただ一つ問題なのが、この迷路が尋常じゃなく広大であるということ。

範囲限界まで索敵を使用したとしても、ゴールがどこにあるのかは分からない。

「一応、目星はついているんだけどな」

索敵を使用したところ、ある方向だけ魔物の量がかなり多かった。

それもまるで何かを守るように散らばっている。

となると、その先にゴールがあると推測するのが自然だろう。

「これだけの量をダンジョン内転移だけで突破できるかは不明だが、やるしかないか」

覚悟を決めると、隠密《おんみつ》も併用しながら俺はそちらに向かった。

どうしても魔物と遭遇することはあったが、仲間を呼ばれる前に瞬殺することによって難を逃れる。

　そしてとうとう、俺はその場所まで辿り着いた。

「……見つけた」

　ここまで複雑な迷路を進んできたが、最後に待ち受けていたのは数百メートルにも及ぶ一本道。その先に光り輝く空間——ゴールが存在する。

　クエスト開始前にゴールの映像は見せられていたため、罠《わな》ということもないはずだ。

「ゴールまであと僅かなわけだが……さすがにそんな簡単にはいかないよな」

　ゴールに続く一本道には、大量のスケルトンたちが鎮座していた。

　数十体ごとに、いくつもの塊になっている。

　あの魔物たちを乗り越えないと、ゴールには辿り着けない。

「————ッ、この音は！」

　背後から、数百を超えるであろう魔物の足音が聞こえる。隠密はまだ作用しているはずだが、なんらかの手段によって俺がここにいるのが分かったらしい。

「このままだと挟み撃ちだ、行くしかない！」

　素早く決断し、俺は駆け出した。

　援軍がやってくる前に、この難関を突破する！

「――――!?」

「――――！」

隠密を使用したまま急襲を仕掛け、先頭にいるスケルトンたちを倒しその防衛線を突破する。

そこでようやく敵も俺の存在に気付いたようで、反撃を試みようとしてきた。

魔法が放たれるよりも前に、接近し倒さなければ！

その考えのもと高速で突き進むも、半分を過ぎたあたりで、とうとうその瞬間は訪れた。

「――――！」

「くっ！」

30メートルほど先にいるスケルトンマジシャンが、通路を覆いつくさんばかりの巨大な炎の球を放ってくる。

回避は不可能。真正面から受け止めるしかない――普通ならば。

だけど俺はその場で立ち止まると、タイミングを見計らって小さく呟《つぶや》いた。

「ダンジョン内転移」

数秒後、俺は炎の球の向こう側にいた。

「作戦成功だ」

こちらに迫ってくる魔法の向こう側へ転移することにより攻撃を回避するという、普通ではありえないような方法がうまくはまった。

敵の対応が遅れている間に追撃を仕掛け、どんどん先に進んでいく。

そして――

『第三階層　クエスト【重囲迷路】をクリアしました』

『第三階層攻略報酬　レベルが１５０アップしました』

――俺は無事に、第三階層を突破するのだった。

そして、続く第四階層で待ち受けていたのは【死獣の宝玉】。

俺を殺すために用意されたとしか思えない、最高難度のクエストだった。

『レベル：７０２６→７１９１』

『【隔絶の魔塔】内、合計レベルアップ数：５８７レベル』（第三階層終了時点）

◇◆◇

第四階層に足を踏み入れた俺は、眼前に広がる光景に目を疑った。

「なんだ、これは……？」

まず目の前には高さ1メートルほどの台座があり、丸い窪《くぼ》みが四つ存在していた。

まるで何かを入れろとでも言いたげに。

しかし、俺が驚いたのは台座に対してではない。

その先に広がる現実離れした光景に対してだった。

横幅は約50メートル、奥行きは３００メートル前後だろうか。

そんな巨大な一本道には、数百数千の魔法が行き交っていた。

遠目でよくは見えないが、道の終端には何の魔法も存在してはいないようだ。

炎の渦、氷の槍《やり》、落雷、カマイタチ。

一つ一つが軽々と人の体を破壊してしまうほどの威力を有していた。

「この光景だけでも異常だけど、問題は他にもある」

続けて俺は左右に視線を向ける。

右に二つ、左に二つ、計四つの巨大な扉が存在し、その内側から尋常ならざる密度の魔力が漏れ出していた。

これまで戦ってきた相手とは、一線どころか二線三線を画するような強力なオーラだ。

「明らかに、第三階層までとは雰囲気が違う……！　いったい何をさせられるんだ？」

疑問を抱いていると、システム音が鳴り響いた。

『第四階層のクエストは【死獣の宝玉】です。魔法の壁を突破し、目標地点まで辿り着いてください』

『第四階層内にある四つの部屋にはそれぞれ炎の死獣、氷の死獣、雷の死獣、風の死獣が存在し、自身の宝玉を守護しています。その宝玉を奪い台座の穴にはめ込むことで、同じ属性の魔法の発動が中止されます』

『死獣のレベルは全て５０００です』

『このクエストのみ、途中でのリタイアが認められています。ただしリタイアを選択した場合、二度と隔絶の魔塔に挑戦することはできません』

システム音は色々ととんでもないことを言い残していった。

「待て、今５００００って言ったのか⁉」

　思わず問いかけるも、もちろん返答はない。

　俺はゆっくりと深呼吸した。

「落ち着け、情報を整理しろ。クエスト説明を聞くに、四体の死獣を倒す必要はないんだ。そいつらが守る宝玉とやらを奪うだけでいいんだろう……５００００レベルの魔物を相手に？　無理じゃん詰んだ」

　無名剣でステータスを上昇させたとしても、まだ差は五倍近くある。

　獣系の魔物なら隠密も通用するかは不明だし、成功確率はかなり低いだろう。

「いや、システム音は絶対に宝玉を奪わなければならないとは言っていなかった。クエストのクリア条件はあくまで目標地点への到達。この魔法の壁を耐え抜いて辿《たど》り着きさえすれば、それでクリアできるはず！　そう、この魔法の壁さえ……」

　アイテムボックスの中から、一つ魔石を取り出して魔法の中に投げてみる。

　魔法の海に呑《の》み込まれた結果、一秒と持たず粉々に砕け散った。

「うん、不可能だ！」

　自慢じゃないが、俺の魔法耐性はかなり低い。

　魔狼の指輪（真）はあるものの、この状況ではほとんど効果を発揮しない。

となると、残された選択肢は一つしか存在しない。

「……このクエストは、リタイアできるんだな」

これまでは次の階層への挑戦時にしか選択できなかったリタイアが、クエストの最中にも選択できると言っていた。

そこから俺は一つの仮説を立てた。

そもそもこのクエストは攻略するために用意されたものではないのだと。

システム音は言外に告げている。

ここで諦めてリタイアしろと。

それ以外の選択肢は存在しないのだと。

きっとその忠告は正しい。

今の俺にはこのレベルの魔物から身を守る術《すべ》も、強力な魔法に耐えきる力もない。

システム音の忠告に従って、諦めるのが正解なのかもしれない。

だけど、

「俺は、誓ったんだよ」

思い出すのは無名の騎士戦。

自分を遥《はる》かに上回る強敵を前にして、俺は思ったんだ。

俺に正しさなんて必要ない。

愚かであろうとも、自分の意志に従い真《ま》っ直《す》ぐ進み続けるべきだと。

――そんな俺に、諦めなんて言葉は似合わない！

「やってやる」

たとえこのクエストが、全力で俺を殺すために用意されたものだったとしても。

そこで引き返すような足は、俺についてはいない！

だからこそ俺は――今、史上最大の難関に挑む！

「俺は世界最速で――このクエストをクリアしてみせる！」

◇◆◇

『第四階層　クエスト【死獣の宝玉】をクリアしました』

『第四階層攻略報酬　レベルが２００アップしました』

「やったー」

約二百五十秒後。

ダンジョン内転移を使用した結果、俺は無事に魔法の壁の向こう側へ転移することに成功した。

心なしかシステム音の覇気が失われていた気がしたが、多分気のせいだろう。

うん、そういうことにしておこう！

そんな風に第四階層をクリアできて喜ぶ俺だったが、続くシステム音を聞き、その気持ちがさらに強まることになった。

『【死獣の宝玉】をクリアしたため、ボーナス報酬が与えられます』

「ん？　ボーナス報酬？」

俺の目の前に、回復薬らしきものが一つ現れる。

これがボーナス報酬なのだろうか。さっそく鑑定を使用してみる。


【完全回復薬】
・これを飲むことによって、ＨＰとＭＰが全回復する。
・クールタイム：２時間。

その結果に、俺は目を疑った。

「ＨＰとＭＰを全回復⁉」

思わずそう叫んでしまうほどに。

しかし、それも仕方ないことだろう。

通常の回復薬はＨＰを１０００、ＭＰを５００といったように、一定量を回復させるもの。

ごくまれに、ダンジョン報酬などでＨＰの○○％を回復するポーションが与えられることもあるらしいが、それでも最大で50％程度だったはずだ。

それを踏まえて考えれば、ＨＰとＭＰを全回復してくれるポーションのとんでもなさがよく分かるはずだ。説明を見るにレベル制限もないようだし、高レベル冒険者は喉から手が出るほど欲するはずだから、売ったら数千万はくだらないだろう。

「まあ、売るつもりはないけどな。ソロの俺にとってポーションは生命線。できれば自分で持っていたい」

なんにせよ、ここでこのような報酬がもらえたのは御の字だ。

満を持して現れた隔絶の魔塔のくせに、ここまでの報酬がかなり渋いと内心不満を抱いていたところだしな。

もしかしたらこの報酬がもらえたのは、かなりの高難易度に設定されていたであろうクエストを攻略したからなのかもしれない。

ダンジョン内転移を使用して一瞬でクリアしてしまったから少々罪悪感を抱いてしま……わない。心から喜んでやる。

「じゃ、少し休憩したら第五階層に行くか！」

思わぬ報酬で上がったモチベーションのまま、俺は次の階層へ挑むことにした。

第五階層に辿り着いた俺にシステム音が告げたクエスト名は【賢者の闘争】だった。

それを聞いた俺は、これまでのクエストとは一転、体力ではなく知恵を試される内容であると推測した。

この天才的頭脳が火を噴く時が来てしまったのかと、内心わくわくしたものだ。

しかし、そんな俺の目の前に現れたのは一体の巨大な魔物——

というかゴリラだった。

どこからどう見ても間違いなく。

鑑定を使用してみると、【剛腕の賢者《パワフルゴリラ》】という名前だった。

やっぱゴリラじゃねえか。

ちなみにレベルは10000。これまで戦ってきたどの魔物より強力だった。

武器を使わず素手で倒したら追加報酬が与えられるとシステム音が教えてくれたので、とりあえずそうしてみることにした。

パワフルゴリラは筋力と俊敏性に優れた、かなりの強敵だった。

この身に浴びた攻撃は一度や二度じゃない。

ただ、それ以上に俺の殴打が相手に的中していた。

俺が優利に立ち回れた理由としては、やはりスキルの存在が大きいのだろう。

3500SPを使用して疾風をLV6からLV7に上げたことも影響していると思う。

それに加え、ダメージを受けた時には回復薬を用いたりもした。

武器は使えなくてもそれ以外のアイテムが禁止されたわけじゃないという条件を最大限に利用したわけだ。

最初はなんて野蛮なクエストなんだと思ったものの、拳を交わし合っているうちに、俺とパワフルゴリラは不思議な世界を共有した。

お互いにこれだけの力を手に入れるため、どれだけの修練が必要だったのか、自然と伝わり合ったのだ。

それを理解した瞬間、俺とパワフルゴリラの心は通じ合った。

まあ最後にはぶっ殺したが。

そもそもパワフルゴリラはダンジョンが作り出した魔物っぽいから鍛えてもいなかった。

雰囲気に呑み込まれるって、ああいうことを言うんだなと思いました。まる。

『経験値獲得　レベルが１８９アップしました』

『第五階層　クエスト【賢者の闘争】をクリアしました』

『第五階層攻略報酬　レベルが２５０アップしました』

『ボーナス報酬　称号【賢者を越えし者】が与えられます』

そんなこんなで俺は第五階層を突破し、ボーナス報酬として【賢者を越えし者】という称号を手に入れた。

そしてここから、レベルアップの速度はどんどん増していくのだった。

【天音　凛】

レベル：７８３０　ＳＰ：３６１０

称号：ダンジョン踏破者《とうはしゃ》（10／10）・無名の剣豪・終焉《しゅうえん》を齎《もたら》す者《もの》（ＥＲＲＯＲ）・賢者を越えし者
ＨＰ：６１２２０／６１２２０　ＭＰ：１７０８０／１７０８０
攻撃力：１４９３０　耐久力：１２４８０　速　度：１５７９０
知　力：１１８７０　抵抗力：１１９１０　幸　運：１１３２０
スキル：ダンジョン内転移LV18・身体強化LVＭＡＸ・剛力LVＭＡＸ・金剛力LV７・高速移動LVＭＡＸ・疾風LV７・浄化魔法LV１・魔力上昇LV５・魔力回復LV２・索敵LV４・隠密《おんみつ》LV４・状態異常耐性LV４・鑑定・アイテムボックスLV５・隠蔽LV１

【賢者を越えし者】
・クエスト【賢者の闘争】を特定の条件でクリアした者に与えられる称号。
・武器を持たない状態での戦闘時、攻撃力、耐久力、速度の各パラメータを＋50％。

『【隔絶の魔塔】内、合計レベルアップ数：１２２６レベル』（第五階層終了時点）

閑話　学生服な二人

天音凛《あまねりん》が、隔絶の魔塔の攻略に勤《いそ》しむ一方。

その教室では、ある二人の少女にクラス中の注目が集まっていた。

窓際の最後列に座る少女の名は黒崎零《くろさきれい》。

誰もが見惚《みと》れるほどの美貌を持ちながらも、常日頃から人を寄せつけない雰囲気を醸し出している彼女の姿はさながら孤高を保つ高嶺《たかね》の花のようであり、そんな彼女の意思を汲《く》んでか、誰も話しかけようとはしなかった。

しかし、

「この前は誘ってくれてありがと、零ちゃん！」

「……うん。どういたしまして」

そんな暗黙の了解を破るようにして、零に話しかける少女が一人いた。

少女の名は葛西由衣《かさいゆい》。こちらもまた誰もが見惚れるほどの可愛《かわい》らしい容姿を持つ。ただ一点、零と異なるのは、由衣は誰に対しても優しく接する人当たりの良さから、男女問わず好意を抱かれることが多いクラスの人気者だった。

これまで接点がなかったはずの二人の会話に、クラス中が注目する。

「お、おい、葛西さんと黒崎さんが話してるぞ」

「何の話してるんだろうな？」

「めちゃくちゃ気になる……！」

中でも、特に盛り上がっているのは男子たち。

自分たちの憧れの二人が何を話しているのか興味津々だった。

そんな彼らの視線を知ってか知らずか、零と由衣は会話を続ける。

「改めて思い返してみても零ちゃんたちは凄《すご》いね。あの日集まった中で私以外は全員ユニークスキルを持ってるんだもん。ユニークって何なんだろう……」

しょんぼりと肩を落とす由衣。

そんな彼女を見た零は、少し考えて口を開く。

「落ち込む必要はない。この前、凛も言っていた。ユニークスキルはなくても由衣にはヒーラーとしての才能があるから十分やっていけるだろうって」

「本当に!?　そっか。凛先輩がそんなこと言ってくれていたんだ……えへへ、ちょっとだけ嬉《うれ》しいかもっ」

「……えいっ」

「ふぇっ？　零ひゃん？　どうひてほっぺを……」

「なんでもない」

首を傾《かし》げる由衣を見て、零は由衣の頬《ほお》から手を放す。

別に少し嫉妬したとかでは決してない。

そして不意にどこかから「美少女同士のスキンシップ萌《も》え……」という声とともに椅子から誰かが崩れ落ちる音がしたが、それも恐らくは気のせいだと零は判断した。

そんな折、由衣が思い出したかのように言った。

「あ、でもそういえば、ギルドの先輩からも私にはヒーラーの才能があるって言ってもらえたんだ。信じてみてもいいのかな」

「先輩？」

「うん！　二つしか年が変わらないのに、そう思えないくらいに強くてかっこよくて、それなのにとても優しくて……そしてすっごく綺麗《きれい》な人なの！」

「そう。由衣がギルドでうまくいっているようで、何より」

「えへへ、ありがと零ちゃん！　零ちゃんはパーティーが解散した後、ソロで冒険者活動を続けてるんだよね？　新しいギルドやパーティーに入ろうと考えてたりはしないの？」

「……考えていないこともない。やっぱり、一人ではなかなか難しい。それができる凛は

色々とおかしい」

「んーまあ、凛先輩は凛先輩だからね！」

「確かに、それもそう」

本人不在の中、凛の話題で盛り上がりつつ、くすくすと笑う二人。

すると、続けて由衣が何かを閃《ひらめ》いたかのように告げる。

「そうだ、零ちゃん！　もし零ちゃんが所属組織に悩んでいるなら、一つ提案があるんだけど——」

由衣は目を輝かせながら、零に向けてとある提案を口にした。

その提案を、零も興味深げに聞くのだった。

第四章　纏雷《てんらい》の王

第六階層以降も、俺の攻略は順調に進んでいった。

第六階層のクエストは【全射回避】。

直径50メートル四方のフロアに閉じ込められ、四方八方から放たれる魔法を三十分間躱《かわ》し続けるという内容だった。

第四階層のように空間全てを覆いつくすものではなかったため、しっかりとタイミングを見計らえば回避は可能だった。

しかし後半になるにつれて魔法の数と勢いは増し、直撃とはいかずともダメージを喰《く》らう機会は少なくなかった。

体力、精神力共に削られていく中、なんとか三十分間耐え抜くことができた。

『第六階層　クエスト【全射回避】をクリアしました』

『第六階層攻略報酬　レベルが３００アップしました』

『【全射回避】をクリアしたため、ボーナス報酬が与えられます』

「おっ、ここでもボーナス報酬がもらえるのか」

第六階層のボーナス報酬は、指で摑《つか》めるくらいのサイズで、飴玉《あめだま》のような形をしていた。

さっそく鑑定を使用してみる。


【魔断薬】
・これを飲むことで、10秒間魔法によるダメージを99％軽減する。

「これまた、かなりの高性能だな」

時間が十秒と短いのはネックだが、それを差し引いても有り余るほどの優秀な効果だ。

使いどころを間違えなければ、かなり役立ってくれることだろう。

一度しか使用できないのが残念だ。

「よし、この調子でどんどん行くぞ！」

十分に休憩を取った後、次の階層に挑戦していく。

第七階層は、再び第一階層のように体力と根気を試されるようなクエストが待っていた。無名剣《ネームレス》を装備して、魔物を次々と倒していく。

『経験値獲得　レベルが１アップしました』

『経験値獲得　レベルが１アップしました』

『経験値獲得　レベルが１アップしました』

第一階層で一度経験したからか、途中で心が折れそうになることはない。最後まで一切油断することなく、クエストをやり遂げることができた。

『第七階層攻略報酬　レベルが３５０アップしました』

第八階層は、今度こそ知恵を試されるようなクエストが待ち受けていた。力だけではどうにもならない、謎解きのような要素を含んでいたため、攻略にかなり手間取ったが、それでもなんとか最後にはクリアすることができた。

『第八階層攻略報酬　レベルが４００アップしました』

第九階層は、第六階層のように魔法の行き交うステージが用意されていた。

第六階層と違うのは、その環境でレベル１００００を超える強敵を何体も倒さなければならなかったということだ。

無名剣を使用可であったため討伐自体は簡単なはずが、環境も相まってここまでで最も困難なクエストとなった。

『経験値獲得　レベルが73アップしました』
『経験値獲得　レベルが66アップしました』
『経験値獲得　レベルが58アップしました』

その分だけ、魔物を倒した時に入る経験値はかなり多かった。

これまでの階層や、ダンジョン内転移《ないてんい》を使用した超速レベルアップさえも超えた速度で、俺のレベルはどんどんと上がっていく。

そして俺のレベルが大台に乗りかけた頃、とうとうその瞬間は訪れた。

『第九階層攻略報酬　レベルが４５０アップしました』

『ボーナス報酬　スキル【起死回生】が与えられます』

【起死回生LV１】

・ＨＰ《ヒットポイント》が30％以下の時、自動発動。

・残存ＨＰが少なければ少ないほど、攻撃、速度、知力の各パラメータが上昇する。

ついでと言ってはあれだが、新たなスキルまで入手することができた。

報酬としてスキルが与えられるのはかなり珍しい例であるため、ありがたく頂いておく。

「内容的に、できれば使わずに済んだ方がよさそうだけどな」

ＨＰが30％以下になった時点で、まさに死と隣り合わせ。

そのような事態が訪れないことを願う。

とまあ、そのような流れで第九階層までの攻略は終わる。

残るは第十階層のみ。

そこに待ち受けるのは、きっと俺がこれまで見たことのない強敵のはず。

間もなく訪れるその瞬間に備え、俺はゆっくりと準備を整えるのだった。


『【隔絶の魔塔】内、合計レベルアップ数：３３７６レベル』（第九階層終了時点）

◇◆◇

第九階層攻略後、一眠りして休息を終えた俺は、第十階層に向けて最後の調整をしていた。

調整といってもすることは一つ、ＳＰ《スキルポイント》の割り振りだけだ。

現時点でＳＰは１２５１０残っている。

問題はこのＳＰを使ってどのスキルレベルを上げるか。

ふと、スキル一覧の中の一つに目が留まった。

――保有スキル――

ダンジョン内転移LV18→LV19（必要ＳＰ：４５００）

―――――――――

今までの傾向通りなら、このスキルをLV19からLV20にする時の必要ＳＰは５０００のはず。LV19にする時と合わせて使用するのは９５００ＳＰなので、今すぐ上げることは可能だ。

「ダンジョン内転移か……」

だけど俺は、そこで首を横に振った。

「いや、LV20に上げたからといって、必ずしも戦闘で活躍する進化を遂げるとは限らない。その楽しみは攻略後に取っておくことにしよう。だからひとまずはこっちだな」

金剛力をLV９に、疾風をLV10（ＭＡＸ）にする。

さらに残りの３０１０ＳＰで、魔力上昇スキルをLV５からLV７に上げた。

これで準備は万端だ。

「さあ、最後の階層だ。気を引き締めて行こう」

その後、俺はシステム音に第十階層へ挑戦する旨を伝え、間もなく転移魔法が発動した。

目を開けた時、眼前に広がるのはどこまでも続く荒野だった。

空は曇天に覆われ、密度の濃い魔力を含んだ大気がヒリヒリと肌を刺す。

地獄の中を垣間見《かいまみ》たような、そんな印象さえ感じさせる空間だった。

そしてその空間の中央には、一体の獣が鎮座していた。

黒の鎧《よろい》を被《かぶ》ったがごとき四肢で地を踏みしめる獣はオークジェネラルを超える高さを誇り、全長はその倍近くにまで至る。

大縄に絞められたかのように隆起した筋肉は、猛々《たけだけ》しくその存在を主張する。

鋼鉄をも貫き、切り裂くであろう牙と爪に、一振りで大地を歪《ゆが》ませるであろう巨大な尾。

そして何より、魔物にもかかわらず強力な意思が込められた、黄色く鋭い眼光が俺を見据える。

「ガルァアアアアアアアアアアアア！」

その獣がひとたび雄叫《おたけ》びを上げると、上空から幾重もの雷が落ち大地を焦がす。

あまりにも現実離れした光景だった。

そして、それを見つめる俺の頭の中にシステム音が鳴り響く。

『第十階層のクエストは【纏雷の王】です。対象となる一体の纏雷獣《てんらいじゅう》を討伐してください』

それを聞き、俺はあの獣に向かって鑑定を使用した。

【纏雷獣】
・レベル：２００００

非常にシンプルかつ、絶望的な情報だった。

「はっ、なるほど。最後は搦《から》め手も抜け道もなし、とことん真っ向勝負ってことか。いいさ、やってやるよ」

俺は無名剣を構え、纏雷獣を見据える。

そして、堂々と告げた。

「やるぞ、無名剣――これが最後の戦いだ」

こうして隔絶の魔塔内における、全てを賭けたラストバトルが始まった。

【天音《あまね》　凛《りん》】
レベル：９９８０　ＳＰ：４１０
称号：ダンジョン踏破者《とうはしゃ》（10／10）・無名の剣豪・終焉《しゅうえん》を齎《もたら》す者《もの》（ＥＲＲＯＲ）・賢者を越えし者
ＨＰ：７７８２０／７７８２０　ＭＰ《マジックポイント》：２１９８０／２１９８０
攻撃力：１８８５９　耐久力：１５８００　速　度：１９８００
知　力：１５３２０　抵抗力：１５４１０　幸　運：１４６２０
スキル：ダンジョン内転移LV18・身体強化LVＭＡＸ・剛力LVＭＡＸ・金剛力LV９・高速移動LVＭＡＸ・疾風LVＭＡＸ・起死回生LV１・浄化魔法LV１・魔力上昇LV７・魔力回復LV２・索敵LV４・隠密《おんみつ》LV４・状態異常耐性LV４・鑑定・アイテムボックスLV５・隠蔽LV１

【無名の騎士《ネームレス・ナイト》の剣】
・無名の騎士が装備していた剣。

・装備推奨レベル：８５００
・攻撃力＋８５００
・敵（人・魔物）のレベルが自分より高かった場合、ＨＰとＭＰを除くステータスの全パラメータを＋80％。

◇◆◇

纏雷獣はこれまでに見てきたどの魔物よりも巨大だった。

そのため、いきなり胴体や頭といった急所を狙うことは難しい。

まずは速度を活《い》かして四肢から削り、体勢を崩したところを畳みかける。

そんな想定のもと戦いに挑んだ俺だったが、すぐにその計画は破綻することとなった。

「ガルァアアア！」

「――くそッ！」

纏雷獣はその巨軀《きょく》に見合わない速さで攻撃を仕掛けてきた。

無名剣の特殊効果と疾風をフルに活用した俺に、勝るとも劣らないスピードだ。

纏雷獣の振り上げた前足を、なんとかギリギリのタイミングで躱《かわ》すことに成功する。

そのまますぐに距離を取り、一瞬で体勢を整える。

が、

「グルゥウウ！」

どういった原理なのか、体の大きさからはありえないような切り返しを見せた纏雷獣が

「連続かよ！」

連続攻撃を仕掛けてくる。

大きな口と両前足を巧みに使用した連撃に、どうしようもないまま防戦一方となった。

その最中《さなか》、俺は活路を見つける。

「────今ッ！」

攻撃の間に生まれた僅かな隙を俺は見逃さなかった。

敵の攻撃をかいくぐるようにして懐に潜り込むと、その勢いのまま無名剣を力強く振り上げる。

直後、俺は信じられないような光景を目の当たりにした。

全力で振るった刃《やいば》が纏雷獣の腹に当たった瞬間、キンッと甲高い音を鳴らし弾《はじ》かれたのだ。

「なっ……」

それを見て、俺は混乱に陥った。

纏雷獣の皮膚が硬いのは分かる。２０００レベルに達する魔物であるため、一撃では肉を切り裂くことができないのも仕方ないだろう。

けど、今のはなんだ？

音も、感触も、まるで皮膚に届く前に透明の壁に弾かれたかのようだ。

「――透明の壁？」

自分の頭に浮かんだその単語がどうしても気になった俺は、反撃覚悟でもう一度攻撃を仕掛けた。

結果は先ほどと同様、刃が甲高い音とともに弾かれるのみ――

ピシッ！

――いや、これはまさか！

「ガルゥッ！」

「むっ」

一瞬とはいえ、この強敵を前にして、思考に浸っている余裕はなかった。

纏雷獣は真下にいる俺を押しつぶすべく、何度も足を振り下ろしてくる。

その攻撃を回避し、いったん纏雷獣から距離を取った。

そして纏雷獣の動きに注意しながら、ここからの方針を立てる。

一見、こちらの攻撃は全て防がれ、手も足も出ないように思える。

しかし、決してそんなことはない。

二回目の攻撃を防がれた時、俺はとある確信を抱いたのだ。

改めてよく見てみると、俺の振るった刃は纏雷獣の体ではなくその手前で弾かれていた。

その直後、何も存在しないはずの空間からピシリとひび割れるような音が響いたのを聞き逃しはしなかった。

そこから一つの結論に至る。

纏雷獣は透明の壁――防壁を体に纏《まと》っているのではないかと。

そして、そこからヒビが入った音が聞こえたということは、その防壁は決して全ての攻撃を弾くような無敵のものではないことの証明。

何度も攻撃を続けていけば、やがて防壁を突破してダメージを与えられるはずだ！

結局やることは変わらない。

纏雷獣の攻撃をかいくぐり、何度でも斬りかかる。

方針がそう決まり、気力が湧き上がってきた直後のことだった。

纏雷獣は空を仰ぎ、大きく口を開いた。

「ガァァァアアアアアアアアアア！」

　鼓膜を破るかのごとき、大声量の雄叫び。

　これだけでもかなり厄介だが、本番はここからだった。

　纏雷獣の雄叫びに応じるように、空から雷が降り注いでくる——俺目掛けて。

「————ッ！」

　それはほとんど反射に近かった。

　魔力のよどみを感じ、咄嗟《とっさ》にその場から後方に飛び退《の》く。

　直後、先ほどまで俺が立っていた地面は落雷によって焼き尽くされた。

「嘘《うそ》だろ？」

　間一髪。

　あれが直撃していたら大ダメージどころか、一発で死んでいた可能性すらある。

　ぶるりと、体が震えてしまった。

「いや、安心するのはまだ早い！」

　纏雷獣の雄叫びはまだ続いている。

　すなわち、まだ落雷攻撃が続くということだ。

　けれどどうする？　今のはギリギリ回避できたが、ほとんど勘だ。

魔力のよどみを察知するという方法が何度も通用するはずがない。

ならば諦める？

いや、冗談じゃない。

「よどみ程度じゃ確実に回避できないのだったら、魔力の流れを全て把握してやればいい——索敵！」

指定範囲の魔力を感知できるスキル、索敵を使用する。

頭上からの落雷に対応できるようにするため、索敵範囲が非常に広くＭＰ消費が激しいが、四の五の言っていられる状況じゃない。

なんにせよ、これで魔力の流れを読み、落雷を回避しやすくなった。

残された問題はＭＰが尽きる前に纏雷獣を討伐できるかのみ。

ここからは、こっちのターンだ！

「——行くぞ！」

次々と落ちてくる雷を躱しながら、立ち止まったままの纏雷獣に向かって駆け出す。

落雷に効果がないと悟ったのか、纏雷獣は雄叫《おたけ》びを止《や》め俺の攻撃に応じる。

「グルァァアアアア！」

「うおぉぉおおおお！」

そこからは、お互いの全力を尽くしたパワーとスピードの勝負だった。

パワーは纏雷獣の方が上、スピードですらほとんど互角という絶望的な状況だったが、これまでの様々な格上と繰り広げた激闘の経験を活かすことで、なんとか対等に渡り合うことができた。

一振り目の刃は防壁に弾かれ、
二振り目はヒビを入れ、
そして三振り目でとうとう、その壁を破壊することに成功した。

そこから、俺による連撃が始まった。

高速の刃が、防壁を失った纏雷獣の体を次々と切り裂いていく。

どこまでも強く、なによりも速く。

ただそれだけを思い、ひたすらに剣を振るう！

このままだったら、俺が勝てる！

そんな確信を抱いた、次の瞬間だった。

「グオォォオオオオオオオオ！」

俺の刃で自身の体が斬られているにもかかわらず、ここで再び纏雷獣は高々と雄叫びを上げた。

とはいえ、こういった事態も見越して索敵は発動し続けている。

落雷を躱すことは可能なはず。

そう思っていたのだが、俺は索敵が捉えた魔力の流れから驚愕《きょうがく》を抱いた。

「なんだ、これは」

先ほどまでの落雷とは違う、数十倍の魔力が俺と纏雷獣の頭上に集う。

まさか、自分ごと俺を焼き尽くすつもりなのか？

「チッ！」

さすがにそれは防ぐ手段がないため、惜しい気持ちはあるが、一時的に纏雷獣から距離を取る。

これでもう落雷を発動する必要はなくなったはず。

纏雷獣が発動を止めたタイミングで、最後の攻撃を仕掛けよう。

しかし、纏雷獣が取った行動は、俺の予想とは大きくかけ離れたものだった。

纏雷獣は雄叫びを止めようとしない。

魔力が集う場所は、纏雷獣の頭上から変わることもない。

すなわち、これまでの数十倍の威力を秘めた雷は纏雷獣のもとに落とされた。

「……ダイナミック自殺かよ」

落雷によって砂塵《さじん》が吹き荒れる光景を見ながら、俺は思わずそう呟《つぶや》いた。

そんなリアクションをしてしまうのも仕方ないだろう。

だって俺に当たらないことが分かっていたはずなのに、纏雷獣は落雷の発動を止めなかったのだから。

なんにせよ、あれだけ傷を負った状態で落雷も喰《く》らったのだ。

まだ死んではいないにせよ、瀕死《ひんし》くらいにはなっているかもしれない。

「……え？」

そう思った俺の目に飛び込んできたのは、あまりにも馬鹿げた光景だった。

「おい、待て。なんなんだそれは……」

砂煙の中から纏雷獣が姿を現す。

落雷によって体中が焦げだらけにでもなっているのかと思ったが、現実は非情だった。

そこに君臨していたのは、纏雷獣であって纏雷獣じゃなかった。

俺がここまで必死に与えた傷が全て癒え、おそらくは防壁すら復活している。

そして一番の問題はその他にあった。

完全復活しただけなら、面倒だがやりようはある。

けど、そうじゃなかった。

纏雷獣は先ほどまでと違い、その体に雷を纏っていた。

発する威圧感が格段に増している。

立っているだけで、押しつぶされそうなほどのプレッシャーだ。

無意識に俺は鑑定を使用した。

きっと本能が、奴《やつ》がこれまでとは全く異なる敵に変わったと判断したのだろう。

そして、予想はこんな時に限って的中する。


【纏雷獣（状態：纏雷の王）】
・レベル：２５０００

「２５０００……！」

それはもはや、死刑宣告と同義だった。

先ほどまでの俺は２００００レベルの纏雷獣を相手に、自分の全てを使ってなんとか対等以上に渡り合えていた。

そこからさらに5000レベルも強くなられたら、きっと勝ち目など1%もないだろう。

敗北。絶望。死。

そんなネガティブな単語が、次々と頭の中に去来する。

だけど。

いや、だからこそ。

そこで俺は、不敵に笑ってみせた。

「ああ、そうか。そういうことだったんだな」

ここまでの第一階層から第九階層は、体力、気力、知恵を限界まで使わなければクリアできないようなクエストばかりだった。

だけどきっと、この第十階層だけは違う。

限界を出したとしても乗り越えられないほどの難関が用意されていたのだ。

それは、システム音が俺の死を望んでいるから?

いや、きっとそうじゃない。

システム音が望んでいることはたった一つだ。

限界を尽くしても乗り越えられないような難関が待ち受けているのなら、やるべきことは決まっている。

「やってやるよ」

俺は無名剣の切っ先を、纏雷獣に向ける。

そして確固たる意志とともに、力強く宣言した。

「――行くぞ、纏雷の王。今ここで、俺は限界を超える！」

◇◆◇

その後の戦闘の様子を、はたしてどのように表現すればいいのだろうか。

ただただ俺は、どうしようもなく纏雷獣に圧倒されていた。

「ガルゥ！」

「チッ！」

この化物の前には、回避に徹することさえ困難だ。

既に纏雷獣の速度は俺を大きく上回り、一撃一撃が必殺になり得る威力を秘めていた。

直撃こそなんとか免れるものの、体にかするだけで打撃による痛みと、敵が纏《まと》う雷の衝撃が同時に襲い掛かってきて、ＨＰが１０００近く減ってしまう。

このままだと、ただ蹂躙《じゅうりん》されるのみだ。

反撃を試みようにも、常に纏雷獣が縦横無尽かつ高速で動くためその隙が無い。
ならばいっそのこそ、ダンジョン内転移を発動して懐にでも潜り込むか？
いや、無理だ。ダンジョン内転移を発動するためには最低でも０・８秒が必要。
このレベルの戦いで、そんな時間が稼げるわけがない。
結局、その後も俺は回避に徹することしかできなかった。
さらに、問題は守りだけではなかった。
「――ここだ！」
愚直に回避を続けていると、ようやく僅かな隙を見つけることができた。
俺は片手で無名剣を握り、纏雷獣の前足に斬りかかる。
しかし、無情にも刃《やいば》は防壁に軽々と弾《はじ》かれる――だけではなかった。
「なっ！」
刃が防壁に触れた瞬間、あろうことか敵が纏う雷が無名剣を伝って俺を襲ってきた。
激しい衝撃と燃えるような熱さに、一瞬視界が点滅する。
それと同時にＨＰが３０００も減る。
纏雷獣の攻撃はそこで終わらなかった。
雷を浴びて動きを止めた俺に向かって、追撃を仕掛けてくる。

——俺はそれを躱《かわ》すことができなかった。

「がはっ……！」

纏雷獣の重量感ある蹴りを喰らった俺は、勢いよく後方に吹き飛ばされた。

受け身を取ることすらできない。

何度も地面に跳ね返った末、その場にはいつくばるようにして動きが止まる。

ＨＰが１４３４５／７７８２０と表示されているのが、視界の端に映る。

今の一撃で、半分以上削られた。

さらにあまりにも強力な魔法攻撃に耐えきれなかったのか、今の一撃によって頼みの綱である魔狼の指輪（真）がパリンッと呆気《あっけ》なく砕け散っていた。

絶体絶命。もう一撃浴びれば、待っているのは間違いなく死。

そして今それを齎《もたら》すべく、纏雷獣が俺に向かって全力で駆けてくる。

「く、そっ……！」

何本もの骨が砕け、血塗《ちまみ》れになった体に活を入れて起き上がり、回避を試みる。

——が、その段階で俺は悟ってしまった。

今の状況と纏雷獣のスピードを考えたら、回避がギリギリで間に合わないだろうことを。

……だからどうした？　諦めるのか？

——ふざけるな！

「こんなところで、終わってたまるかぁあああ！」

最後の力を振り絞り、無駄だと分かっていながらその場から飛び退《の》いた。

直後、纏雷獣による踏みつけ攻撃によって、激しい轟音《ごうおん》とともに地面に巨大なクレーターが生じる。

下にあるものは跡形もなく潰されてしまったことだろう。

そして俺は、その光景を離れた場所から眺めていた。

「…………え？」

回避が間に合ったという事実に、俺自身が一番驚愕していた。

本来ならば、今ごろ纏雷獣の下敷きになっていたはず。

なぜ逃げ切れたんだ……？

と、ここで俺はとあるスキルの存在を思い出した。

「そうか！　起死回生だ！」

【起死回生LV1】

・ＨＰが30％以下の時、自動発動。
・残存ＨＰが少なければ少ないほど、攻撃、速度、知力の各パラメータが上昇する。

現在、俺のＨＰは20％を切っている。

そのためこのスキルの効果が発動し、回避が間に合ったのだ。

感覚的には上昇分は約50％といったところか。

「ったく、できるだけ使わない方がいいスキルだって言ったばかりなのにな」

なんにせよ、これで一命を取り留めることができた。

俺に攻撃を躱されるとは微塵《みじん》も思っていなかったらしい纏雷獣が、静かにこちらの様子を窺《うかが》ってくる。

この間に、現状を打破するための対策を練らなければならない。

いっそのこと、起死回生の効果に頼って攻撃を仕掛けてみるか？

攻撃力、速度ともに上昇している今なら、纏雷獣とも対等に渡り合えるかもしれない。

「いや、そうじゃない」

だけど、俺は首を横に振った。

渾身《こんしん》の一撃で敵を倒せるような状況ならば、それでもよかったかもしれない。

しかし纏雷獣は防壁を纏っているため、少なくとも数回は攻撃を浴びせなければ本体にダメージを与えることすらできない。

それに加えて、こちらが攻撃を加えるごとに雷の反撃が襲ってくるのだ。

残るＨＰが瞬く間に、０になってしまうことだろう。

「もったいないが仕方ない、四の五の言ってられる状況じゃないからな」

アイテムボックスから完全回復薬を取り出し、一気に飲み干す。

すると瞬く間に怪我《けが》が癒え、ＨＰとＭＰが全回復した。

問題はここからだ。

俺が纏雷獣に勝つための打開策を考える必要がある。

「どうすればいい？」

敵は全ての能力値が俺を大きく上回り、攻撃を仕掛けようにも防壁と纏雷によって守られている。

対して、纏雷獣の巨軀《きょく》から繰り出される攻撃は、易々《やすやす》と俺の命を奪うだろう。

捕食者と獲物。

そんな関係が脳裏をよぎった。

どれだけの策を練ろうと、何一つ通用する気がしない。

今の俺が持っている武器では、纏雷獣の守りを突破し、獣皮を傷付けることさえ不可能で――

「――――ある。一つだけ」

――その時、俺の頭の中に一つの策が思い浮かんだ。

あまりに突拍子もない、現実離れした方法だ。

「本当にそんなことが可能なのか？」

理性がその発想を否定しようとする。

だけど俺の本能は、現状を覆すにはその方法しかないと強く叫んでいた。

「グルゥゥゥ」

「っ！」

だが、いつまでもそうやって考えている時間はなかった。

纏雷獣は俺を警戒しながらも、ゆっくりとこちらに歩み寄ってくる。

今度は絶対に逃がすことなく、トドメを刺すと告げるように。

ここで俺は、覚悟を決めた。

「俺は、逃げない」

己自身にそう告げて、体勢を低くする。
勝負は一瞬だ。
「限界を――超える！」
そして、力強い一歩とともに駆け出した。
「グォォォオオオオ！」
対する纏雷獣も、俺に呼応するように加速する。
俺が振り上げた無名剣と、纏雷獣が振り上げた爪が真正面から衝突する――その刹那！
「ここだ！」
俺は無名剣を振り下ろすことなく、紙一重のタイミングで爪を回避した。
そして、その勢いのまま懐に潜り込んだ。
その直後、最大の速度で駆けていた俺と纏雷獣の座標が重なる。
攻撃の威力は純粋な力のみで決まるものではない。力×速度で決まるのだ。
そしてこの瞬間、俺と纏雷獣の相対速度は最大に達する。
俺が全速力で剣を振るうだけじゃない。
その剣に対して、纏雷獣自身も全速力で向かってくるのだ！
すなわちこれは俺が出せる限界を超えた、纏雷獣の力すらも利用した極限の一撃！

これならば、一撃で防壁を突破することも可能なはずだ！

「喰《く》らええええええええええ！」

かつてない威力を含んだ刃《やいば》が、纏雷獣目掛けて振るわれる。

そして、
刃は、空を斬った。

「……は？」

間違いなく当たる。

そう確信した一振りが外れたという事実に戸惑い、一瞬動きが止まる。

その原因はすぐに分かった。

「上か！」

あろうことか、纏雷獣は俺の攻撃を喰らう直前、急ブレーキをかけるとともにその場でジャンプしたのだ。

尋常ではない瞬発力を有しているからこそ、可能な回避方法だった。

見上げると、そこには確かに纏雷獣の姿があった。

それだけではない。

纏雷獣は重力も利用し、真下にいる俺に向かってその巨大な足を振り下ろす。

「っ！」
咄嗟《とっさ》に無名剣を間にかざすも、ほとんど意味のない抵抗だった。
纏雷獣の並外れた重量から放たれる踏みつけは、それだけでも必殺となり得る。
その踏みつけによって、大地には再び大きなクレーターが生み出される。
今回は回避することができず、俺もそれに巻き込まれた。
「ガッ」
その圧迫感により、肺から空気が漏れた。
ＨＰが瞬く間に半分近く減少する。
今すぐこの場から逃げ出そうにも、纏雷獣は俺を踏みつける足をどけようとはしない。
このまま体に纏《まと》う雷を俺に浴びせて、ダメージを与え続けるつもりなのだろう。
俺の力ではこの状況から抜け出せないことを、纏雷獣は既に把握しているのだ。
だからこそ、追撃を仕掛けることなく俺が力尽きるのを静かに見守っている。
結局俺は何もできないまま、雷によるダメージによって死ぬ――
「――とでも、思ってるのか？」
俺は不敵に笑いながらそう呟《つぶや》いた。
悪いが、纏雷獣の狙い通りに事を進ませるつもりはない。

俺は雷の攻撃を浴びてはいるものの、ほとんどダメージを受けてはいなかった。

理由は単純。最後の攻防前に、魔断薬を飲んでいたからだ。


【魔断薬】
・これを飲むことで、10秒間魔法によるダメージを99％軽減する。

第六階層のボーナス報酬、魔断薬。

十秒間、魔法によるダメージをほとんど無効化してくれるこのアイテムをここで使用した。

これを飲んでおけば、十秒以内ならば纏雷獣に触れ続けてもダメージを心配する必要がほとんどなくなるからだ。

渾身の一撃が躱《かわ》されたのは、たしかに俺にとっても想定外だった。

だけど俺は初めからあの一撃で倒せると思っていたわけではない。

大ダメージを受けた纏雷獣が、懐に潜り込んだ俺を踏みつけようとするのを誘っていたのだ。過程こそ違ったものの、纏雷獣に俺が踏みつけられたこの状況は予想していた通りだった。

では、なぜこの状況を生み出そうとしたのか。

答えは一つしか存在しない。

俺を踏みつけた状態を維持したい纏雷獣は、その場から動こうとはしない。

ただただ静かに、俺の命が朽ち果てるのを待っている——数秒間も……。

この瞬間を、俺は待っていた。

「グルゥ⁉」

いつまで待っても俺の命が尽きることはおろか、ダメージを負っている様子すらないことに気付いたのか、纏雷獣はそこでようやく顔色を変えた。

このままではいけないと思ったようで、俺を押さえているのとは逆の前足を大きく振り上げた。

再び俺を押し潰そうとしているのだろうが、もう遅い。

既にそれを発動するために必要な時間は過ぎ去っていた。

そして俺は小さく、だけどはっきりと告げた。

「ダンジョン内転移」――と。

ダンジョン内転移の条件。

それは『発動者が足を踏み入れたことのあるダンジョン内に対してのみ転移可』というものだ。

その条件に変わったことによって、俺はスパンを無視した高速レベルアップが可能になり、短期間のうちにこれだけ強くなることができた。

だけど、ダンジョン内転移を活用する方法は、まだ他にもあったんだ。

無名の騎士やオークジェネラルの戦闘時に使用したような、敵の背後や上空に転移し攻撃を仕掛けるのとは違う。

もっと単純で、かつ最大の効果を発揮する方法が。

これまではその条件に該当した敵と戦うことがなかったため、思いつくことすらできなかった。

だけど、理論上は可能なはずなのだ。

纏雷獣のような、俺を丸ごと呑《の》み込めてしまうほど巨大な魔物が相手なら。

だから俺は、最期に纏雷獣へと告げる。

光の一切届かない、暗闇の中でたった一言。

「――お前の体の中だって、ダンジョン内と言えるはずだよな？」

そして俺が振るった刃は、纏雷獣の体を内側から貫いた。

直後、痛みからか纏雷獣は盛大な雄叫《おたけ》びを上げる。

「ガァァアアアアアアアアア！」

予想通り、体の内側まで防壁で守ることはできないみたいだ。

今までの苦労が嘘《うそ》のように攻撃が通用する。

こんなチャンスはもう二度と巡ってこない。

今ここで、確実に仕留める！

「はあッ！」

数十の剣閃《けんせん》が、俺を取り囲む暗闇を切り裂いていく。

瞬く間に纏雷獣の体に穴が生まれ、曇天の空が視界に飛び込んできた。

大ダメージを負ったせいか、そこにはもう防壁も存在していない。

「っ、これは！」

直後、纏雷獣の体内を雷が駆け巡った。
俺が体の内側にいることを知った纏雷獣が考えた対策なのだろう。
魔断薬の効果はもう切れている。
まともに雷を喰らうわけにはいかない。
俺は目の前に開いた穴から外に飛び出す。
そして上空から纏雷獣を見下ろした。
体に穴が開いてもなお、必死に抗《あらが》おうとしている。
上空に浮かぶ俺を、血走った目で見つめてくる。
「ガァアアア！」
「させるか！」
纏雷獣による獰猛《どうもう》な噛《か》みつき攻撃を回避し、そのまま勢いよく大きな首に斬りかかる！
ここが正念場。纏雷も無視して、攻撃だけに全神経を注ぐ！
防壁を失った纏雷獣の首に、刃はすんなりと入る。
鮮血が宙を舞い、纏雷獣は痛みによる叫び声を上げた。
そして俺は、最後の猛攻を仕掛ける！

「うぉぉぉおおおおおおおお！」

「グルォォォオオオオオオオ！」

死が間近に迫った人と獣による、本能の戦い。

ここからは限界を超えた意地の張り合い。

それに打ち勝った者だけが生き残ることができる。

ならば俺は、纏雷獣《おまえ》の死を喰らって先にいく！

永遠にも思える、約三十秒の攻防。

お互いに同じだけのダメージが積み重なる中、動きには差が生まれ始めていた。

纏雷獣は体に穴が開き、ありとあらゆる部分が切り裂かれたことから著しく動きが衰えていた。

対する俺はというと、ＨＰが減少したことにより再び起死回生のスキルが発動し、さらに動きが加速する。

そして、とうとうその瞬間は訪れた。

纏雷獣は防御を完全に放棄し、両前足と口を使った攻撃を仕掛けてきた。

前後左右、俺に逃げ場は存在しない――ならば！

俺は地を強く蹴り、空中に跳んだ。
纏雷獣の一斉攻撃は上空を網羅しておらず、俺のいなくなった空間を貫いた。
俺は空中で無名剣を両手に持ち替え、最後の攻撃を繰り出す！
「これで、トドメだぁああああああああ！」
俺の持つ全てを使った、全身全霊の一撃。
そうして突き出された刃《やいば》は、深く深く、纏雷獣の頭を貫いた。
「ゴ、ォォォ」
纏雷獣は最期の断末魔を上げながら、ゆっくりとその場に崩れ落ちる。
俺の体はすぐ隣に放り出された。
なんとか震える足で着地し、再び起きてきた時に対応できるよう無名剣を構える。
しかし、その必要はなかった。

『経験値獲得　レベルが１２３２アップしました』
『第十階層　クエスト【纏雷の王】をクリアしました』
『第十階層攻略報酬　レベルが５００アップしました』
『全クエスト攻略報酬　レベルが１５００アップしました』

クエストの終わりを告げるシステム音が、次々と俺の頭の中に響いていく。

そこで初めて、俺は纏雷獣に勝てたと実感することができた。

「……終わったんだな」

かくして俺は、エクストラダンジョン【隔絶の魔塔】を制覇したのだった。

【天音　凛】
レベル：１３２１２　ＳＰ：３２７１０
称号：ダンジョン踏破者（10／10）・無名の剣豪・終焉《しゅうえん》を齎《もたら》す者《もの》（ＥＲＲＯＲ）・賢者
を越えし者
ＨＰ：３５８５０／１０４０２０　ＭＰ：１５０８０／２８１００
攻撃力：２４７２０　耐久力：２０８４０　速　度：２５８２０
知　力：２０５２０　抵抗力：２０６００　幸　運：１９６２０
スキル：ダンジョン内転移LV18・身体強化LVＭＡＸ・剛力LVＭＡＸ・金剛力LV９・高速
移動LVＭＡＸ・疾風LVＭＡＸ・起死回生LV１・浄化魔法LV１・魔力上昇LV７・魔力回復LV

２・索敵LV４・隠密《おんみつ》LV４・状態異常耐性LV４・鑑定・アイテムボックスLV５・隠蔽LV１

【無名の騎士の剣】
・無名の騎士が装備していた剣。
・装備推奨レベル：１００００（ＭＡＸ）
・攻撃力＋１００％
・敵（人・魔物）のレベルが自分より高かった場合、ＨＰとＭＰを除くステータスの全パラメータを＋１００％。

『【隔絶の魔塔】内、合計レベルアップ数：６６０８レベル』（最終結果）

第五章　殺意を喰《く》らう者

纏雷獣《てんらいじゅう》の討伐後、俺は自身のステータス画面を開き、とうとう大台である１００００レベルを突破したことを確認しながら感慨深く呟《つぶや》いた。

「ようやくここまで来ることができたか。ただ、これでもまだトップランカーには全然届いていないんだよな……」

これが年月の重みというものだろう。

ダンジョンの仕組み的に、時間をかけた者ほど強くなるのは当然だからな。

それでも、その高みに少しずつとはいえ近付けていることを強く実感する。

「とまあ、それはさておきっと。これで全階層を攻略できたはずだが、報酬はレベルアップだけなのか？　だとしたらかなり拍子抜けなんだが……」

俺の呟きに応えたわけではないだろうが、そのタイミングでシステム音が鳴り響く。

『エクストラダンジョン【隔絶の魔塔】が制覇されたことを確認しました』

『攻略者には制覇報酬が三つ与えられます』

『一つ目の制覇報酬はスキル【纏壁《てんへき》】です』

「スキル、纏壁……？」

どうやら新しいスキルを獲得したらしい。

俺はステータス画面を開き、纏壁の効果を確認した。

【纏壁LV1】

・MP《マジックポイント》を消費することにより、対象者を包み込むような魔力の壁を生み出す（強度、持続時間はスキルレベルにより変動）。

・クールタイム：60秒。

「これってまさか、纏雷獣が使っていたスキルか？」

仮にそうだとするなら、かなり優秀なスキルだ。

俺の戦闘スタイルにも合っている。

というのも通常、敵の攻撃から身を守るためのスキルとしては耐久力や抵抗力のパラメータを上げるものが多く存在する。

しかしこれらのスキルはあくまでダメージを軽減してくれるだけ。

痛みなどを完全に取り除けるわけではないし、攻撃によって一度でも体勢を崩されてしまえば、そのまま押し切られる恐れがある。

しかしこの纏壁の場合、その二つの問題点を解決してくれる。

「纏雷獣の様子を見るに、纏壁が破られるまではノーダメージって感じだったんだよな。となるとこれからは敵の攻撃を一度や二度なら喰らっても大丈夫だから、攻撃を受ける覚悟での特攻も可能になる！　戦術の幅がかなり広がるぞ！」

歓喜のあまり、拳を突き上げてしまう。

おっと、いつまでもこうはしていられない。

「さて、与えられる報酬は全部で三つだったよな？　このスキルに匹敵するものがあと二つもらえるわけか」

ワクワクしながら待っていると、システム音が再び鳴り響く。

『二つ目の報酬は、攻略者のステータスと【隔絶の魔塔】の攻略内容を分析し、最もふさわしいアイテムが支給されます』
『攻略者の分析が完了しました』
『分類：【殺意を喰らう者】と認定されました。【殺意を喰らう者】の出現率は０・１％以下です』
『該当するアイテムが出現します』

「殺意を喰らう者？」

何やら物騒な単語の後、俺の目の前に白色の魔力が集う。

数秒後、白色の魔力が収まったそこには一つのアイテムが存在していた。

「……これが二つ目の報酬か」

俺はそう呟きながらさっそく鑑定を発動しようとする——が、それが実際に行われることはなかった。

実行に移すよりも早く、異様な現象が発生したからだ。

「っ、なんだ⁉」

ジリリという、電波が乱れた時のような不快な音が襲い掛かってくる。

咄嗟《とっさ》に両耳を手で押さえるも、その音が聞こえなくなることはない。そこでようやく、俺はそれがシステム音によるものだと理解した。システム音は脳内に直接鳴り響くため、耳を押さえたところで意味がないからな。

果たしていったい何が起きているのか、疑問を抱いたその時だった。

『エラーが発生しました』

『攻略者は、三つ目の報酬を獲得するために必要な条件を満たしていません』

『よって、三つ目の報酬を与えることはできません』

「なっ⁉」

システム音の言葉を聞いた瞬間、俺は思わず驚愕《きょうがく》の声を上げた。

これだけ苦労してようやく攻略した隔絶の魔塔。もらえるべき報酬が全てもらえないのはとてもじゃないが納得がいかない。

「おいどういうことだシステム音。まさか途中で馬鹿にしたことを怒ってるのか？　謝るから三つ目もくれないか？　おーい！」

呼び掛けてみるも、俺の声がむなしく辺り一帯に響き渡るだけ。

これは本当に諦めるしかないのかと思っていると、救いの手を差し伸べるかのようにシステム音は続く。

『条件を満たしていないため、攻略者には代替報酬《だいたいほうしゅう》が与えられます』

『代替報酬はダンジョンに関する情報です』

『攻略者の情報を分析し、自動的に現在の攻略者にとって最も必要と思われる情報が与えられます』

「ダンジョンに関する情報だと？」

俺の懇願を聞いてくれたわけではないと思うが、ここにきて意外な展開になった。

そう考えると同時に、小さくない期待が胸の中に広がる。

俺はダンジョン踏破者《とうはしゃ》や隔絶の魔塔など他の人の知らないダンジョンの秘密を知っているが、それでもダンジョンに関して知らないことの方が圧倒的に多いのが現状だ。

ダンジョンとは何なのか、レベルやスキルはなぜ与えられるのか……ダンジョンが発生した二十年前から議論が交わされつつも、答えの出ていない疑問が幾つも存在する。

もしかしたら俺は今から、その一端に触れることができるのかもしれない。

『攻略者の分析が完了しました』

『代替報酬が与えられます』


期待で胸を膨らませながら待つ俺の前に、大きな長方形のホログラムが表示される。

まさかの映像で教えてもらえるみたいだ。

「さあ、いったい何を見せてくれるんだ？」

期待とともに呟く。

だが次の瞬間、そこに映し出された映像はあまりにも意外なもので。

「……なんだ、これは？」

俺は目を大きく見開き、そう零《こぼ》すのだった。

◇◆◇

遡ること数時間。


「ぜんっぜん帰ってこない！」

凛《りん》が家を出てから数日が経《た》ったある日の朝、華《はな》は突然リビングで叫び声を上げた。

そして、むぅと頰《ほお》を膨らませた。

こんな行動を取ってしまうのも仕方ないだろう。

なんせ、今日はダンジョン内実習がある日なのだから。

「間に合わないかもしれないとは言ってたけど、まさか本当に帰ってこないだなんて。ここ数日連絡もないし、まったく困ったお兄ちゃんだね」

そんなことを呟いている間に、出発の時間が迫っていた。

華は急いで準備を終え、そのまま家を出る。

「一応メッセージだけは送ってっと。帰ってきたらお兄ちゃんには文句を言わなきゃね」

そして、華は今日の集合場所である住福《すみふく》ダンジョンに向かうのだった。

住福ダンジョンに到着すると、集まった人数は前回の約十分の一に減っていた。

前回、ステータス獲得に失敗した者がいなくなったためだろう。

ほとんどの人が同行者と一緒に来ていた。

他にいるのは一般の冒険者たちである。ダンジョン内実習のためにダンジョンが貸し切られているというわけでもないようで、彼らは普段通り攻略に来ているみたいだった。

そんな中、華は先ほどから視界に映り込む、あまりにも目立つ塔に視線を向けた。

「あれも、きっとダンジョンなんだよね」

数日前、突如として出現した巨大な塔。

ここ住福ダンジョンからは徒歩で行けるくらいに近い。

専門家によるとあれもダンジョンではないかと予想されているが、入るためのゲートが見当たらず、調査はほとんど進んでいないとのことだった。

塔のてっぺんは雲の上にまで伸びていて、目視することができない。

「ま、あっちのことより、まずは自分のことだよね。今日は魔物を倒すことになるんだし、精いっぱい頑張らないと」

新たに気合を入れる華。

そんな彼女に近付く一つの影があった。

「おはようございます、天音《あまね》さん」

「あっ！　えーっと」

前回にもいた、ダンジョン協会のスタッフだった。

なんとか記憶の片隅から名前を絞り出す。

（――思い出した！）

「たしか柳《やなぎ》さんでしたよね、お久しぶりです」

「はい、本日もよろしくお願いいたしますね。ところで今日はお一人なんですか？」

凛が付き添ってはいないのかと聞きたいのだろう。

華は苦笑しながら頷《うなず》いた。

「はい。実は兄が数日間家を空けていて……でも、事前に色々と教えてもらったりしたので、一人でも大丈夫ですよ！」

「そうですか……それは残念ですね」

「？　は、はい」

少し会話の流れに違和感を覚えたが、凛がいないことを意味しているのだと判断し、華は再び頷く。

そんな会話をしていると、こちらもまた前回同様、ダンジョン協会の片桐《かたぎり》がこの場にいる者たちに向けて告げる。参加者の数が減ったからか、どうやら今回ダンジョン協会からやってきたのは片桐と柳の二人だけのようだった。

「それではこれからダンジョン内実習を行います。前回より深い階層に行くので魔物が強力になりますが、私たちがついているので心配いりません。焦らずに行動してください」

そして、片桐を先頭に次々とゲートの中に入っていく。

当然、華も遅れないように急ぎ足で皆を追う。

「ええ、残念ですよ……本当に」

だからだろう。

後ろで小さく呟かれたその言葉が、華の耳に届くことはなかった。


住福ダンジョンに入ってから、約三十分。

華たちは第三階層にまで足を運んでいた。

前回レッサースライムを倒した第一階層よりも、さらに深い場所にまで来たことになる。

ここではレッサースライムと違い、少しは戦闘能力が必要となる魔物が現れるらしい。

すると、さっそく華たちの前に骨型の魔物が出現する。

片桐が叫ぶ。

「この魔物はスケルトンといい、ステータスを獲得した人なら誰でも倒せるような魔物です！　今回のダンジョン内実習において、皆さんには自分一人の力でこの魔物を討伐してもらいます！」

どうやら同行人の手助けは禁止らしい。

もっとも、同行人のいない華には関係ない話だが。

「よし、がんばろう！」

華は事前に借りた一振りの剣を握り、気合を口にした。

ステータスを獲得した影響がさっそく出ているようで、普通なら重くて持つだけでも難しい剣を、軽々と振るうことができる。

華は魔法系のスキルを保有していない。

技能模倣《ストック》を使用すれば使うことはできるが、凛と相談して周囲には隠すと決めている。

だからここは身体強化のスキルを活《い》かし、剣を武器にすることにした。

その後、片桐たちの監督のもと華たちは順番にスケルトンと戦っていく。片桐の言葉通りスケルトンはとても弱く、戦闘に慣れていない華たちでも簡単に倒すことができた。

その様子を見た片桐が、満足そうに頷く。

「皆さん、素晴らしいです。魔物との戦闘についてはひとまず問題なさそうですね。それでは次に冒険者の心得について、もう少し移動しながら学び――」

しかし、片桐の言葉が最後まで紡がれることはなかった。

「きゃああああああああああああああ！」

迷宮内いっぱいに、そんな悲鳴が響いたからだ。

悲鳴を上げたのは、華のすぐ近くにいた一人の少女だった。

彼女はとある方向に指を向け、ぶるぶると体を震わせている。

遅れて、華もそちらの方向に視線を向ける。

そして、驚愕《きょうがく》に目を見開いた。

「何、あれ……」

そこにいた存在は、華の理解を超える姿をしていた。

一言で表すならば、3メートルを超えた人型の木、だろうか。

おそらく魔物と思わしきその人型の木は、ゆっくりとこちらに歩いてくる。

これまで数回しかダンジョンに入ったことがない華でも、直感的に分かった。

あれはレッサースライムやスケルトンとは全く違う、強力な魔物であると。

「トレントだと⁉ 最低でも5000レベルを超える魔物がどうしてこんなダンジョンにいる！」

集団を挟んでトレントの反対側にいる片桐が驚愕の声を上げる。それによってこれは訓練でもドッキリでもない、想定外の事態であることをこの場にいる全員が理解した。

「────ッ！」

次の瞬間、トレントの手が恐るべき速さで伸び、先頭にいる華たちに襲い掛かってくる。

あまりにも突然の出来事に誰もが混乱したまま動けずにいた、その時だった。

「危ない！」

トレントと華たちの間に滑り込んできた柳が、手に持つ短剣でその攻撃を受け止める。

それによって、なんとか華たちは一命を取り留めた。

そしてその直後、片桐の大声量が鼓膜を震わせる。

「ファイアスピア！」

恐るべき熱量を誇る、巨大な炎の槍《やり》が空間を裂き、そのままトレントに直撃する。

しかし――

「馬鹿な！　弱点の炎魔法を喰《く》らってもほとんどダメージが通っていないだと⁉」

片桐の言葉通り、直撃した箇所が僅かに焼けただけで、とても大ダメージを与えたとは言えない結果に終わった。

それがあまりにも予想外だったようで、片桐の言葉からかなりの焦燥を感じ取れた。

「ねえ、何が起きてるの？」

「協会の人でも倒せないような魔物が出たんだよ！」

「そんな！　だったら私たちはどうなっちゃうの⁉」

混乱、焦燥、恐怖。

それらが一瞬のうちに、ここにいる者たちに広がっていく。

生まれて初めて自分の身に迫った死を実感し、体が思うように動かなくなる。

そんな中、真っ先に声を上げたのは柳だった。

「片桐さん！　先に皆を連れて地上へ脱出してください！　ここは僕が食い止めます！」

「なっ！　それは無謀だ！　せめて私と君が残り、彼らの脱出は同行人の方々に任せるべきだ！」

「いえ、こいつ以外にもダンジョン内に強力な魔物がいる可能性があります！　片桐さんは彼らについてあげてください！　それに――」

　次の瞬間、柳はその場から消えた。

　直後、トレントのすぐ目の前に現れ短剣で斬りかかった。

　トレントは枝のような腕を振るい反撃してくるも、柳は巧みに躱《かわ》していく。

「僕はスピード型です！　回避に徹するなら、この敵とも渡り合えるはずです！」

「……分かった！　脱出までに十分はかからないはずだ！　それだけの時間を稼げたら、お前も地上に戻ってこい！　――皆さん、今の話の通りです！　ダンジョンから脱出するので私についてきてください！　緊急事態ですが、皆さんは私たちが必ずお守りします！」

　片桐の言葉に従って、皆が我先にと彼の後を追っていく。

（――早く私も行かないと！）

　片桐と反対側の端にいたため、意図せず最後尾になってしまったが仕方ない。

　華が彼らの後を追うべく足を踏み出した直後のことだった。

「えっ⁉」

何者かに摑《つか》まれたような感覚がして、華がその場に転んでしまったのは。

見ると、足首にはツタが幾重にも絡まっていた。

それによって立ち上がることすらできない。

「ツタ？　なんでこんなものが私の足に……！　いや、それよりも早くほどいて皆を追わないと！」

しかし、絡まったツタを外すのに手間取っているうちに、皆は先に進んでいく。

このままだと置き去りにされてしまう。

そう考えた華は、待ってもらうために声を上げようとする。

「皆さん！　待ってくださ――んむっ！」

しかしあろうことか、ツタが今度は華の口をふさいだ。

まるで助けを呼ぶことを止めるかのように。

（そんな！　こんなところで止まってちゃだめなのに！　皆との距離がどんどん離れていっちゃう！　早くこれをほどかないと――）

必死にほどこうとしていると、力を失ったように突然ツタが滑り落ちていく。

「ごほっ、ごほっごほっ。なんで、いきなり外れたの？　ううん、それよりも早く皆を追わないと――ッ！」

　悲劇はそこで終わらなかった。

　立ち上がり、必死に駆けだそうとする華の前に、突如として巨大な壁が出現する。

　いや、違う。それは壁ではなくトレントだった。

「下がってください！」

「ッ！」

　――その言葉を聞き、反射的に華は後ろに飛び退《の》いた。

　すると、先ほどまで華がいた場所にトレントの重い一撃が落とされる。

「……はあっ、はあっ」

　もし回避が遅れていたらどうなっていたか、考えるだけで体の震えが止まらなくなった。

　そんな華の横に、柳がやってくる。

「申し訳ありません。突然トレントが狙いを変えたせいで、対応が遅れてしまいました」

「………は、はい」

「大変心苦しいのですが、片桐さんたちの方へ行く道が塞がれてしまいました。こうなってしまった以上、追いかけるのは難しいでしょう……」

「そんな……！」

柳は眉をひそめ、残念そうな表情でそう告げた。

その言葉を聞き華の鼓動が速くなる。柳の言う通りなら、自分はもうここから離れることはできない。命の危険に晒《さら》されながら、柳とトレントの攻防を見届けなければならない。

絶望する華。

しかし柳は覚悟を決めたような表情を浮かべると、おもむろに口を開く。

「天音さん、貴女《あなた》に一つお願いがあります」

「……え？」

そして、信じられないようなことを告げた。

「この窮地から脱するために、貴女のユニークスキル――技能模倣の力を貸してもらえませんか？」

正直、何を言っているのか意味が分からなかった。

華が保有するユニークスキル技能模倣は、現時点では他人からLV1のスキルをコピーするものでしかない。

それに加えて、威力自体は華のステータスによって決まるのだ。

どれだけ強力なスキルを借りたとしても、役に立つことは難しいだろう。

そして、それ以上に理解できないことがある。

どうして柳が、隠していたはずの技能模倣の存在を知っているのか。

華の戸惑いが伝わったのだろうか、柳は申し訳なさそうな表情を浮かべた。

「すみません、実は先日のダンジョン実習の際、参加者に万が一のことが起こらないように感覚強化のスキルを使用して行動を把握していたんです。その際に天音さんがユニークスキルを獲得するのを聞いてしまい……その後、隠蔽のスキルを使用したのも知っていました。ただ、悪事に使うような様子ではなかったことと、盗聴のような形になってしまったことについてはこちらに非があるため、あの場では見過ごすことにしたんです」

「――――っ」

盗聴されていたと聞き、正直気分は良くなかった。

ただ、力のない自分たちの安全を考慮したこと。それから獲得したステータスを正確に報告しなかったのは自分だということから、そう強く責めることもできない。

いずれにせよ、その件についての是非は後回しだ。

もう一つの疑問を解消する必要がある。

「柳さんが私のスキルについて知っているのは分かりました。ですが、技能模倣では借りた人の威力まで再現することはできないんです。力になることはできないと思います」

「やはりそうだったのですね。ですが問題はありません」

「えっ？」

「詳しい説明は後です。ひとまず僕からスキル【破弾】をコピーしてもらえませんか？」

「は、はい！」

どうやら柳にはその問題を解決するための策があるらしい。

疑問を抱きながらも、言われた通りに柳の手に触れる。

「――技能模倣」

すると、頭の中にスキルの情報が入ってくる。

【破　弾LV1】：消滅の力を有した魔力の塊を放出する。威力は消費MP率によって決まる。

「消費MP率？」

初めて見る単語に首を傾《かし》げていると、柳が告げる。

「このスキルは使用者のステータスに関係なく威力が決まる特殊なスキルなんです。使用者の総MP量のうち、何パーセントを消費したかで威力が確定します」

華はふと、以前に凛が言っていたことを思い出した。

スキルの中には、ステータス関係なくスキルレベルでダメージ固定のものが存在すると。

この破弾もまた、そういった種類のスキルなのだろう。

「僕が隙を作るので、天音さんは全ＭＰを消費して破弾を発動してください。戦った感覚的にトレントのレベルは８０００前後。１００％の威力なら、この魔物を倒すのも不可能ではないはずです」

「でも、それなら柳さんが自分で発動した方がいいんじゃ」

「残念ですが、トレントの攻撃を食い止めるのに既にＭＰを二割以上消費しているんです。今の僕が使うよりも、華さんが使用した方が威力は高いはずです」

「…………！」

華は今日ここまで剣でしか戦っていないので、たしかにＭＰは全く消費していない。

柳の言う通り、攻撃は華が担当するのが正しいと思った。

だけど、本当に自分にその大役が務められるだろうか？

いや、できなければ死ぬのは自分たちだ。

――やるしかない！

「分かりました。やってみます」

「ありがとうございます。そろそろトレントも動き出しそうです。僕が指示を出すまで待機していてください！」

まるで柳から華への説明が終わるタイミングを見計らっていたかのように、トレントは再び猛攻を仕掛けてきた。

硬質な枝やツタが、勢いよく二人を襲う。

「はぁあああ！」

柳は両手に短剣を持ち、凄《すさ》まじい速度でその攻撃を弾《はじ》いていく。

回避に徹していた先ほどまでと違い、かなり大変そうだった。

きっと、華に攻撃が届かないようにしてくれているのだろう。

（やるんだ、私が）

スキルをコピーすると、自然と使い方が頭の中に入ってくる。

華は両手をトレントに向けたまま、集中力を高めていた。

そして、とうとうその瞬間がやってくる。

トレントの体から数十本の枝やツタが伸び、柳に襲い掛かる。

柳が素早い動きで躱すと、枝やツタは地面を貫いた。

トレントはそれらを抜こうとして、一瞬だけ動きを止めた。

「天音さん、今です！」

「――破弾！」

両手から放たれる、禍々《まがまが》しい漆黒の魔力が一直線にトレントに向かう。

「――――！」

トレントはその攻撃を躱《かわ》すことができなかった。

漆黒の魔力が触れた箇所が、ごっそりと消滅する。

そしてそのまま、体は地面に崩れ落ちていった。

すると、頭の中にシステム音が鳴り響く。

『経験値獲得　レベルが４５２アップしました』

「……倒、せたの？」

レベルが上がったということはそういうことなのだろう。

ただ、あまりにも呆気《あっけ》なくトレントが死んだことに加え、倒した力が借り物であったため、自分が倒したと実感することができなかった。

（そうだ、柳さんは――）

華は柳の姿を探した。

彼が喜んでいれば、自分も勝利を実感できると思ったからだ。

辺りを見渡すと、すぐに柳を見つけることができた。

彼はトレントの死体を眺めながら、笑みを浮かべていた。

華はその姿を見て、ほっと胸を撫《な》で下ろす。

「やりましたね、柳さ……」

「――本物だ。わざわざ苦労して、場を整えた甲斐《かい》がある」

「……柳さん？」

柳の笑みから狂気のようなものを感じた華は、恐る恐る彼の名を呼びかけた。

すると、柳ははっと意識を取り戻したように柔らかい笑みを浮かべ直す。

「はい、天音さん。僕のことを呼びましたか？」

「い、いえ、その、無事に倒せてよかったですね」

「はい。これも全て天音さんのおかげです」

受け答えも、これまでとそう変わらない。

（……気のせい、だったのかな？）

そう判断する華。

柳は笑みを浮かべたまま、コツコツと華に近付いてくる。

違和感。

そして、柳がすぐ目の前にまで迫ろうとしたその時だった。

「……二人とも、無事か⁉」

華でも柳でもない声が、この場に響く。

そちらに顔を向けると、そこには片桐の姿があった。

柳はいったん華から視線を外し、片桐を見る。

その表情からは一瞬、笑みが消えたように見えた。

違和感。

「片桐さん、戻ってこられたんですね。他の皆さんはどうしたんですか？」

「地上で待機してもらっている。しかし、そこで人数が足りないことに気付いて慌てて戻ってきたんだ。どうやら柳が保護してくれていたみたいだな。助かった。それにしても、そこにトレントの死体があるがどうやって倒したんだ？　私の魔法ではほとんどダメージを与えられなかったというのに」

「天音さんの力を借りて、なんとか倒せたんですよ」

「なに？　彼女はまだ冒険者資格も持っていない新米だろう。とても戦力になれるとは思えないが」

「そんなことはありませんよ。彼女はとても優秀なユニークスキルを持っていますからね」

（……えっ？）

あまりにも自然に、柳は華の秘密を暴露した。

混乱する華の傍らで、二人の会話は続く。

「ユニークスキルだと⁉　し、しかし前回、そのような報告はなかったはずだが」

「わざと隠していたみたいですね」

「なに？」

柳の言葉に、片桐は驚愕《きようがく》の声を上げる。

だけど、そうしたいのは華の方だ。

まさかこのタイミングで暴露されるとは思ってもいなかった。

「や、柳さん！　今のは……」

「あ、申し訳ないです。せめて天音さんの了解を取ってから片桐さんにお伝えするべきでしたね。ついいいかなって思っちゃいました」

「ついって……」

柳は恥ずかしそうに頭の後ろをかきながら、華にそう告げる。

「ええ、ついです。だって――」

そして、彼は。

虫も殺さぬような笑顔を浮かべたまま。

たわいのない会話をするかのような流れで、告げた。

「――この人には、今ここで死んでもらいますから」

そして、柳が振るった短剣の切っ先が、片桐の胸を深く貫いた。

「……は？」

「……え？」

胸を刺された片桐と、それを眺める華が同時に声を漏らす。

今、いったい、目の前で、何が起こって――

「や、柳、お前、何をして――」

「おっと、忘れていました。片桐さんの持っているスキルの中で一番強力なのって上級魔法でしたよね？　あまり気は乗らないけど、せっかくなので頂いておきますね」

「なん、だと……？　っ、なん、だ、これは！　略奪者《りゃくだつしゃ》の、対象に、選ばれ――」

それ以上、片桐が言葉を紡ぐことはなかった。

目から生気が失われ、その場に崩れ落ちていく。

今、目の前で。

いとも呆気《あっけ》なく、人が死んだ。

（嘘《うそ》、嘘だ……こんなの、嘘に決まって――）

華は、目の前で起きたことが現実だと信じることができなかった。

そして、この異常な状況を生み出した張本人は、呆《あき》れたようにため息を吐《つ》く。

「はあ、せっかく引き離したのだから、地上で素直に待機していればいいものを。だったら死ぬことはなかったのに、馬鹿な男だ。仕方ない、魔物に殺されて殉職とでも処理しておくとするか――おっと、本命を忘れていた」

柳は視線を華に向ける。

それだけで華は金縛りにあったかのように動けなくなった。

そんな華に向けて、柳は軽々と告げる。

「そういうわけで、お前にも今から死んでもらう」

◇◆◇

思考が停止した華に向けて、柳は堂々と殺害予告を行った。

　華は必死に頭を回転させ、まとまらないまま口を開く。

「私を殺すと……今、そう言ったんですか？」

「ああ、そうだ。悪いがこれは決定事項だから、抵抗しようとしても無駄だ」

　一歩、確実に柳が近付いてくる。

　後ろに下がろうにも、体がうまく動かなかった。

「なんで、そんなことをするんですか？　私が何か、柳さんに恨まれるようなことをしましたか？」

　そう問うと、柳は立ち止まった。

「恨む？　何を言っているんだ、そんなわけないだろう？　むしろお前には感謝している。お前の技能模倣ほど僕にピッタリなユニークスキルの持ち主はなかなかいないからな」

「……柳さんに、ピッタリ？」

「ああ、そうだ。仕方ない、何も知らないまま死ぬのも哀れだからな。少しだけ教えておいてやろうか」

そう前置きをした後、柳は告げる。

「僕もお前のようにユニークスキルを保有している。名は【略奪者】。殺した相手から一つスキルを奪うことのできる力だ。この力を使って、今からお前の持つ技能模倣を奪おうというわけだ」

「……！」

ユニークスキル、略奪者。

スキルの説明を聞くに、通常とは異なる異端のスキルであることが分かる。

さらにそれを使って自分からスキルを奪おうとしているという宣言に、ぶるりと体が震えた。

それだけじゃない。柳の言葉を聞いた今、華の中でとある考えが浮かんだ。

「ということはまさか、今のこの状況も貴方《あなた》が意図的に生み出したものなんですか？」

「ご名答。もともと今日この場でお前を殺すための計画は立てていた。ダンジョンのレベルからはかけ離れた強さの魔物を使って、僕とお前だけが取り残される状況を生み出したかった。そうすることで、お前の死因は魔物によるものだとして処理できるからな」

「っ、ですがそれはおかしいです！　その言い方だとまるで、貴方があの魔物を呼んできたみたいで――」

「ああ、その通りだ。せっかくだ、お前にも見せてやろう」

「なっ！」

柳が軽く手を振るうと、突如として何もないはずの空間から一体の魔物——トレントが現れる。先ほど倒したのと同じ魔物だ。

驚愕する華を前に、柳は満足そうに笑う。

「魔物を操るためには【魔物使役《テイム》】というユニークスキルが必要なわけだが、それも実はもともと僕のものじゃない。スキルの持ち主をこの手で殺して手に入れた力だ」

「魔物使役……？　テイマー!?　まさか！」

華はその単語から、少し前によく流れていたニュースを思い出した。

ここから程近いダンジョンで、魔物を使役できるユニークスキルの持ち主が不審な死を遂げたというニュースだ。

「それはまさか、連日ニュースになっていた……！」

「ほう、知っているのか？　光栄だな。そうだ、そいつを殺したのも僕だ」

「——！」

目の前で片桐が殺され、

自分に対して殺意を向けられ、

過去にも人を殺したことがあると告げられ、
ここまできて、ようやく華はこれが現実であると強く実感した。

「まあ、わざわざ今回魔物を使ったのには、実際にお前がスキルを使うところを見て、殺してでも奪うだけの価値があるか確かめるためという理由もあったがな。ダンジョン内実習で学生が死んだともなれば、この制度はなくなる可能性が大きく、二度と同じチャンスは訪れないだろう――けど、そうするだけの価値は確かにあった。感謝する、天音華」

柳はまったく嬉《うれ》しくない称賛を華に送る。

「前置きはこの程度でいいだろう。さあ、最後の仕上げだ」

「――ッ、これは！」

突然、華の頭の中にシステム音が鳴り響いた。

『あなたは略奪者の対象に選ばれました』

『発動者と対象者の同意がない限り、解除されることはありません』

そして、柳の標的が疑う余地なく自分に定められる。

「これで準備は完了だ。略奪者の対象に選ぶには相手に直接触れたことがないといけないが、先ほどの技能模倣を発動する際にその条件は満たしている。さあ、そろそろ終わりにさせてもらおうか」

そう告げた後、柳はゆっくりとこちらに向かって歩いてくる。

この場から逃げないと、間違いなく殺される。

華は震える足を全力で叩《たた》き、強引に走って逃げようとする。

（――これは！）

そこで華は、自分の動きが普段の何倍も速くなっていることに気付いた。

（そうか、レベルアップしたからだ！）

トレントを討伐した際、大量にレベルアップしたことを思い出した。

いま思い返してみると、柳のスキルを借りて倒したせいで施しを受けたような不満が残るが、この状況でそんなことは言っていられない。

今はこの場から逃げるのが何より優先。

そう考える華だが、現実は非情だった。

「させるものか。捕らえろ、トレント！」

「――――！」

トレントは数十本の枝やツタを華に向かって伸ばしてくる。

　このままでは間違いなく捕まってしまう――

　いや、まだ最後の手段は残っている！

「――破弾！」

　両手をトレントに向け、華は漆黒の魔力を放った。

　迫る枝やツタを呑《の》み込み、トレント本体も倒れ込んだ。

　その光景を眺めていた柳が眉をひそめる。

「なんだと？　先ほどＭＰは全て消費していたはずだが……いや違う。レベルアップ時に増えたＭＰを使用したのか」

（今のうちに！）

　柳が何かを分析しようとしている間に、華は再び逃走を試みる。

　しかし――

「どこに行くつもりだ？」

「なっ！」

　いつの間にか目の前に回り込んでいた柳から、軽く蹴りを浴びせられる。

　それだけで華の体は軽々と吹き飛ばされ、地面を何回か跳ねたのちに止まった。

　これまでに感じたことのないような痛みが華を襲う。

しかし動けないほどではない。

ステータスの恩恵を感じながら、華は必死に体を起こそうとする。

その時、視界の片隅で既に半分を切っているＨＰ《ヒットポイント》が表示されているのに気付いた。

（今のをもう一度喰《く》らったら、それで終わり……？）

それを自覚した瞬間、ぞくりと背筋に悪寒が走り、体が全く動かなくなった。

その様子を、柳は不敵に笑いながら眺める。

「ほう、今の一撃を耐えるのか。思っていたよりもレベルが上がっていたみたいだな。ふむ、せっかくだ。これをさっそく使ってみるとするか」

柳が手のひらを上に向けると、その上に巨大な炎の塊が出現する。

離れていても身を焦がすほどの熱量だった。

「片桐から奪った上級魔法LV９による炎魔法だ。彼女を殺すにはいささか過剰な気がするが、まあそれも一興だろう」

柳は既に、自分がその一撃で華を殺せると確信しているのだろう。

もはや華に視線を向けることすらなく、自分の世界に没入していた。

そんな柳の言葉を聞きながら、華は朦朧《もうろう》とする頭で理解した。

自分が今から柳によって殺されるのは、変えようのない確定した未来なのだと。

（――そんなの、やだよ）

だけど。

頭では理解できても、心がその運命を拒絶する。

華はこれまで、命が脅かされる危険からは遠い安全な場所で生きてきた。

死ぬ覚悟など、できているわけがなかった。

それでも、死がどういうものなのかは少しだけ知っている。

走馬灯のように、数年前の記憶が華の脳裏をよぎる。

華の父と母は、数年前の海外旅行中に乗っていた飛行機が墜落し、そのまま行方不明となっている。

墜落の原因は、飛行型魔物の襲撃。とある無人島に人知れず出現していた未確認のダンジョンにて迷宮崩壊《ダンジョン・コラプス》が発生し、そこから飛び出してきた魔物の襲撃を受け、冒険者の乗り合わせていなかった飛行機は呆気《あっけ》なく墜落し乗客全員が行方不明になった。

死体が見つからなかったから行方不明とされているだけで、実際がどうであるかを理解できないほど、当時の華は幼くなかった。

だからといって、感情を抑えられるほど大人でもなかった。

突如として降りかかった不条理に耐えきれず、いつまでも涙を流し続けていた。

そんな華を支えてくれたのは他ならぬ兄だった。

凛はずっと華の手を握り、そばに居続けてくれた。

そんな凛のおかげで、長い時間をかけて、華は立ち直ることができた。

自分をずっと支えてくれた兄に、華は心からの感謝を抱いている。

その気持ちを何度だって伝えてきた。

だけど一つだけ。たった一つだけ、大きな心残りがあった。

（お兄ちゃんは……あの時、泣くことができたのかな）

華の記憶にある凛は、いつも華のそばにいて気丈に振舞っていた。

泣いているところなんて、一度として見たことがなかった。

だからこそずっと不安に思っていることがある。自分のせいで、凛は泣くことができなかったんじゃないかって。兄から悲しむ機会を奪ってしまったんじゃないかって。

だから……ずっと、ずっと謝りたいと思っていた。

「ごめん……ごめんねっ、お兄ちゃんっ」

今さら謝罪したところで凛には届かないと分かっていて。

それでも、口に出さずにはいられなかった。

ぽろぽろと、両目から水滴が流れ落ち地面を濡《ぬ》らす。

少女の痛々しい謝罪の言葉だけが、迷宮内に反響する。

「……あっ」

その最中《さなか》。

涙を流し、打ちひしがれるようにして下を向いていたからだろうか。

華はふと、自分の足元に赤色のリボンが落ちていることに気付いた。

柳から蹴りを浴びて地面を跳ねた際、衝撃でほどけてしまったのだろう。

それを見た瞬間、華はふと違和感を覚えた。

何か大切な。すごく大切なことを忘れているような気がする。

華は手を伸ばす。その記憶に触れるために。

華の指先がリボンに触れた瞬間、頭に凛との思い出が蘇《よみがえ》っていった。

◇◆◇

両親が行方不明になってから数か月が経《た》った頃。

一人でずっと泣き続け、塞ぎこんでいた華だったが、凛が支え続けてくれたこともあり、最後にはなんとか立ち直ることができた。

華は数か月ぶりに自分から部屋を出てリビングに向かう。

リビングにつくと、既に凛がいた。
『お兄ちゃん……おはよう』
『……ああ。おはよう、華』
凛はそんな華を見て少しだけ驚いたような表情になった後、すぐに笑みを見せる。
『あのね、お兄ちゃん。言わなきゃいけないことが――』
『よし、華。こっちに来い』
『えっ？』
出鼻をくじかれた華は、凛の言葉に従って椅子に腰かける。
すると凛はどこからか赤色のリボンを持ってくると、華の髪にそれを結ぼうとする。
『お兄ちゃん、これは……？』
『華、最近髪が伸びただろ？　だからプレゼントだ――よし、これで完成っと』
そう言って凛は手鏡を渡してくる。
そこにあったのは、手慣れてないためか不格好な華のポニーテール姿だった。
『……ぐちゃぐちゃだね』
『うっ、厳しいな華は。自分で結びなおすか？』
『ううん。このままで……このままがいい』

『そうか』

それから少しの間、沈黙が続く。

華はただ、凛の気持ちがすごく嬉《うれ》しくて……だからこそ、これから言わなくてはいけないことを考えたら、少しだけ気が重くなった。

それでも。勇気を振り絞って華は振り向いた。

『あのね、お兄ちゃん……』

謝らなくちゃいけないと思った。これまで迷惑をかけてごめんねって。自分のことばっかり考えてごめんねって。

だけどそれを口にするよりも先に、凛は華の頭に手を置いた。

そして全てを理解しているかのように告げる。

『大丈夫だ。それ以上は何も言わなくて』

『……でも。私、ずっとお兄ちゃんに支えられてばっかで。お兄ちゃんのこと何も考えてあげれてなくて。だから、だから――』

『いいんだよ、それでも、妹を守るのはお兄ちゃんの役目だからな。だからさ、華には知っておいてほしいんだ』

凛は片膝をついて華と視線の高さを合わせると、笑顔を浮かべて告げる。

『華から頼られて、俺が嫌だと思うことなんて絶対にないって。だからこれから先も、何度だって頼ってくれ。悲しいことがあった時、辛《つら》いことがあった時……助けを呼んでくれたら、俺が華を守るから――守れるための力を手に入れてみせるから』

『――』

そこでようやく、華は理解した。

今、凛が求めているのは謝罪の言葉なんかじゃない。

そう、それはきっと――

『ありがとう、お兄ちゃん』

『おう』

そうしてようやく、華と凛は二人で笑った。

◇◆◇

(ああ――思い出した)

なんで。なんで忘れていたんだろう。

そうだった。凛は決して、華に謝罪を求めてなんかいなかった。

それなのに自分は……最期に自分が楽になるためだけに、謝ろうとしていた。

（そうじゃない。今、私がするべきことは……！）

思い出す。凛の言葉を。

『華から頼られて、俺が嫌だと思うことなんて絶対にないって。だからこれから先も、何度だって頼ってくれ。悲しいことがあった時、辛いことがあった時……助けを呼んでくれたら、俺が華を守るから――守れるための力を手に入れてみせるから』

凛が冒険者になってから。才能がないと言われても、どれだけ強くなれなくても、それでも歯を食いしばって必死に頑張ってきたことを知っている。

きっと今、目の前にいる柳は凛よりも遥《はる》か格上で。

仮に凛が助けに来たところで、勝てる見込みなんてものは0で。

――それでも最後に、縋《すが》ることくらいは許されるだろうか？

そんなことを考える華に向けて、柳は告げる。

「では、そろそろ終わりにしようか――いけ」

柳の掛け声とともに、巨大な炎の塊が華に向かって放たれた。

それには間違いなく、自分の命を奪うだけの威力が込められている。

華にはあれを躱《かわ》すことも、受け切ることもできない。

それが分かったからこそ、華は決断することができた。

たとえ無駄だとしても、最期の瞬間まで諦めたくはないと。
兄の言葉を信じていたいと。
華は目を閉じて、叫んだ。
応えてくれるはずのない、その呼び声を。
今、出せるだけの全力で。
「――助けて、お兄ちゃん！」
精いっぱいの呼び声は、閉ざされたダンジョンの中に木霊する。
しかし華の耳に返ってくるのは反響音のみ。
当然、その呼び声に対する返事など存在するはずがない。
そう、思っていた――

「――――ああ、任せろ」

――だけど。
暗闇の中で、華は確かにその声を聞いた。
（嘘《うそ》……）

華はゆっくりと目を開けた。

どういうわけか、そこには華に襲い掛かっていたはずの炎の塊が存在せず。

代わりに、一人の男が背中を向けて立っていた。

深紅に染まる短剣を片手に握ったまま。

彼は、華が心の底から会いたかった存在だった。

「――お兄ちゃん！」

呼ぶと、彼――天音凛は振り向き、優しい笑顔で頷《うなず》いた。

ゆっくりと華に近付いてくると、片膝を地面につける。

先ほどまで握っていたはずの短剣はどこにいったのか、手の中に見当たらない。

そんな凛に、華は全力で抱き着いた。

「ほんとに……ほんとにっ、来てくれた！」

「ああ、当たり前だ。俺は華のお兄ちゃんだからな」

凛は笑いながらそう返すと、どこからか液体の入った瓶を取り出す。

「回復薬だ。ひとまずこれを飲め」

「……うんっ」

回復薬を受け取って飲むと、凛はそんな華の頭に優しく手を載せた。

「よく頑張ったな、華。もう大丈夫だ、後は全部俺に任せろ」

「――うんっ、うんっ！」

凛の言葉を聞くだけで、不思議と華は救われたような気分になった。

そんな中、柳は二人のやりとりを見ながら怪訝《けげん》そうな顔をしていた。

「……お前がなぜここにいる？　いや、それよりもなぜ、今の魔法を浴びて全くダメージを喰《く》らっていない？　答えろ、天音凛！」

柳の問いかけを背に受けた凛は、静かに立ち上がり振り返る。

「その前にこちらからも一つ聞かせろ。お前は華を殺そうとしたのか？」

「……その通りだ。僕は彼女を殺し、ユニークスキルを奪おうとしていた。そういった力を持っているからな。この答えで満足か？」

「ああ――よく分かったよ」

先ほどまでの華に向けるものとは全く違う。全ての感情を排したかのような静かな声とともに、凛はゆっくりと柳との距離を詰めていく。

「ほう、こちらは親切に答えてやったというのに、そちらは答える気がないということか？　まあ構わないがな。だったらこっちにも考えがある――起きろ、トレント！」

「なっ！」

その光景を見て、華は言葉を失った。

先ほど華が破弾を浴びせたはずのトレントの体が修復され、再び起き上がったのだ。

いや、思い返してみると二体目を攻撃した時には確かにレベルアップ音が流れなかった。

１００％の威力を誇る破弾ではなかったせいか、倒し切れていなかったのだ。

「やれ！」

柳の指示に応じ、トレントはその巨体から想像できないほどの速度で凛に迫っていく。

そして枝とツタが絡まってできた巨大な棍棒《こんぼう》のような腕で凛に殴りかかった。

「お兄ちゃん、危ない！」

咄嗟《とっさ》に華はそう叫んだ。

先ほど、どのようにして凛が炎の魔法を防いだのかは分からない。

だが、以前に聞いたことのある凛のレベルを考えれば、トレントの一撃に耐えることは不可能なはず。

一瞬、華の心の中に後悔が生じる。

最後に縋るようにして凛に助けを求め、こうして来てくれた。

だけどそれは結局、兄まで命の危機に晒《さら》しただけではなかったのかと。

しかし次の瞬間、華が目にしたのは信じられない光景だった。

凛は自分に襲い掛かってくるトレントを一瞥《いちべつ》し、

「邪魔だ」

聞くもの全てを凍えさせるような声を発するとともに、凛の腕が一瞬ブレた。

直後、トレントの巨体は木っ端みじんに爆散した。

風船に針を刺したがごとく、いとも呆気《あっけ》なく。

「……えっ？」

「なんだと？」

この場にいる誰もが――きっと凛を除く全員が想定していなかった光景。

それを前にして、華と柳が驚愕《きょうがく》をあらわにする。

対する凛は、歓喜するでもなく、至極当然といった表情を浮かべたまま。

柳に視線を向けて、静かに告げた。

「柳――お前だけは必ず、今ここで俺が倒す」

その瞳は、深い、深い闇のような黒をしていた。

第六章　奪うモノ

「……なんだ、これは？」

隔絶の魔塔、攻略直後。

眼前に浮かぶホログラムに映る映像を見て、凛《りん》は目を大きく見開いた。

ホログラムに大きく映し出されているのは、巨大な木の形をした魔物が一体と、その魔物と切り結ぶようにして戦う青年――柳《やなぎ》だった。

そして凛にとっては、ここからが問題。

画面の片隅に、怯《おび》えた表情で戦闘を見つめる少女――華《はな》の姿を見つけた瞬間、ドクンと心臓が跳ねた。

「……!!　華！」

いったい何がどうなっているのか。

一瞬で疑問が頭の中を埋め尽くし、冷静な判断ができなくなる。

それでも凛は必死に現在の状況の理解に努めた。

ダンジョンに関する情報として、なぜこの映像が与えられたのかなんて分からない。

けれどもシステム音は先ほど、確かに『現在の攻略者にとって最も必要と思われる情報』と言っていた。

「だとするなら、これはたった今行われていることの映像ってことか？」

隔絶の魔塔攻略を続ける中で日にちの感覚がおかしくなっているため確かではないが、記憶が正しければ今日は華のダンジョン内実習の日だったはず。

ということは、これは実習の一部だったりするのだろうか？

凛はすぐさま首を横に振る。

「いや、そんなはずがない。ここから見る限りでも、この魔物は１００００レベル近い力がある。そんなものがＥランクダンジョンに現れるわけがないし、柳さんと華が二人きりなのも不自然。明らかにイレギュラーな事態だ」

いずれにせよ、今すぐ助けにいかなくては華の命が危ない。

今は柳が魔物と対等に渡り合っているが、いつその均衡が破れてもおかしくない。彼が魔物にやられてしまう前に、誰かが救援に向かわなくてはならない。

「……？」

そこで凛は形容しがたい違和感を覚えた。

何か大切なものを見落としているような、そんな感覚。

だが、その違和感の正体を突き詰める余裕はなかった。

本能が今すぐあの場に向かわなければならないと言っていたから。

だからこそ、凛は迷うことなくその場で力強く叫ぶ。

「システム音、俺を外に出してくれ！」

『攻略者の意思を確認しました。隔絶の魔塔より退去を行います』

直後、凛の体は淡い光に包まれ、数秒後に転移魔法が発動し地上に立っていた。

眼前に佇《たたず》むのは、たった今攻略を終えたばかりの隔絶の魔塔。

凛はその塔から、挑戦時には感じなかった、何か大きな意思のようなものを感じた。

結局、このダンジョンが何だったのか。本来の三つ目の報酬は何だったのか。なぜダンジョンは代替報酬《だいたいほうしゅう》として自分にあの映像を見せたのか。何も分からないままで。

それでも今は、それを気にしていられる余裕はなかった。

「基本的にダンジョン外でのスキルの使用は禁じられてるが、背に腹は代えられない。場所は前回と同じ住福《すみふく》ダンジョンだったな。隠密《おんみつ》で姿を隠した上で、全速力で向かうしかない」

覚悟を決めて凛は駆け出す。

その直前、

『がんばれ――リン』

なぜだろうか。

どこか懐かしいような声が、聞こえた気がした。

◇◆◇

（今の、本当にお兄ちゃんがやったの？　でも、どうやって？）

凛がたった一撃でトレントを討伐する姿を見た華は、自分の知っているものとはかけ離れた兄の姿に思わず目を見開いていた。

（――いや、違う！）

そこでふと、華は思い出した。

以前、凛は華の技能模倣《ストック》を周囲に隠すために隠蔽のスキルを貸してくれた。

なぜそのようなスキルを持っているのか気になったため聞くも、凛が答えてくれることはなかった。

けれどこの光景を前にした今、推測することは可能だ。

きっと凛は自分の本当の実力を隠したかったのだろう。

そのために隠蔽を使用していたのだ。

しかし、そもそもどうして実力を隠す必要があったのか。

そんな疑問を抱く華の前で、柳は盛大に笑った。

「ははっ、はははは、はははははは！」

目の前で自分の使役する魔物が倒されたにもかかわらず、柳は歓喜に打ち震えていた。

柳は笑顔を浮かべながら、凛に向かって口を開く。

「驚いたぞ、天音《あまね》凛。まさかトレントをたった一撃で倒すとはな……たかだか５０００レベル程度のお前が」

凛は眉をひそめた。

「５０００レベルだと？」

「自分の本当のレベルがバレていることに驚いたのか？　僕のユニークスキル略奪者《りゃくだつしゃ》には、触れた相手のレベルを知ることができるという効果がある。覚えはあるだろう？」

「……あの時の握手か」

「そうだ。その時から僕はお前がわざと自分の力を隠していることに気付いていた。そうする理由など一つしか存在しない……お前も僕と同じ、他人に言えないようなスキルを持っているのだろう？」

「…………」

口を閉ざす凛。

だが、今この場におけるその反応は肯定と同義だった。

「それを知った時から、僕はお前のスキルも奪うと決めていた！　今日いないと知った時は残念に思ったが、まさか自分からやってきてくれるとは！　お前と妹のスキルを同時に奪えるなど、やはり僕は運がいい！」

ひとしきり笑った後、柳は続ける。

「とはいえ、妹を殺そうにも邪魔されると厄介だ。お前から先に片付けることにしよう」

「――――っ」

柳がそう告げた直後、華の頭の中にシステム音が響く。

『略奪者の対象から外されようとしています。同意しますか？』

「――これは！」

「聞こえたか？　悪いが一度に一人までしか略奪者の対象にできなくてな。お前から天音凛に移し替える。早く同意しろ」

「っ！　そんなことするはずが――」

凛を先に殺すと決めた柳は、凛からもスキルを奪えるように対象を変えたいのだろう。

華がここで同意してしまえば、柳が凛を殺すための状況が整ってしまうことになる。

そう考え拒絶しようとした華だったが、凛は言った。

「同意してくれ、華」

「……え？　だけどそれじゃ、お兄ちゃんが――」

「大丈夫だ。俺を信じろ」

自信に満ちた凛の声。

どうやら何か考えがあるようだった。

それを信じて、華は頷《うなず》く。

「……分かった。同意する」

そう呟《つぶや》くと、対象から外されたことを伝えるシステム音が鳴り響く。

そして――

『あなたは略奪者の対象に選ばれました』

『発動者と対象者の同意がない限り、解除されることはありません』

「……なるほどな、こういった感じか」

――続けて、凛に対して略奪者が発動された。

システム音の内容を聞いた凛は小さく頷いた。

（これでかなり戦いやすくなったな）

柳は、本気で凛と華のスキルを奪おうとしているはずだ。

だとするなら、華を略奪者の対象に選んでいないこの状況で彼女が殺されることはないはず。人質に取られる恐れなどは残っているが、考慮すべき事項はかなり減った。

後は柳をこの手で倒すだけ。

そう考えて一歩を踏み出そうとする凛に向けて、柳は笑った。

「ああ、愚かな家族愛だ。妹を置いて逃げ出せば、自分だけは助かる可能性があったかもしれないというのに。お前は本当に、僕に勝てると思っているのか？」

「…………」

「弱り切ったトレントを倒せただけで図に乗っているようだから教えてやる。お前が僕に勝つことなど不可能だということを」

「――――！」

直後、柳の周囲を取り囲むように、七体の巨大な魔物が同時に出現する。

鑑定を使用してみると、オークキング、サラマンダー、キングアイスウルフなど、討伐推奨レベルが10000を超える魔物がずらりと並んでいた。

「……これはいったい」

「さっきのトレントと同じだ。僕が略奪者で奪ったスキル魔物使役《テイム》を使用すれば、自分よりレベルの低い魔物を複数体使役することができる！」

その言葉を聞き、凛はとある疑問を抱いた。

「以前に聞いたお前のレベルを考えれば、矛盾しているように思うが」

「分かり切ったことを訊《き》くんだな。お前と同じに決まっているだろう？」

「……隠蔽か」

柳は唇の端を上げた。

「その通りだ。僕の本当のレベルは10000を超えている。それに加えて、これまでに略奪者で奪ってきた強力なスキルを幾つも保有している。僕の実力は同レベル帯の冒険者とは比較にならない！　そんな僕に、お前が勝てる道理など存在しない！」

叫び、柳は片手を上げる。

するとその上に、巨大な雷が生じる。

それに応じるように、他の魔物たちも戦闘態勢に入る。

接近戦を得意とする魔物はすぐに動けるような構えを、魔法攻撃を使用できる魔物はその準備を。

共通しているのは、全ての敵の狙いが凛に向いているということ。

勝ちを確信したかのように、柳は叫ぶ。

「今度は確実にお前を殺すつもりでいく。どのような防御手段を持っているのかは知らないが、さっきのように耐えきれると思うなよ！　死ね、天音凛！」

柳の合図と同時に、敵が一斉に動き出す。

まず初めに放たれたのは魔法攻撃だった。

大地を焦がす雷光が、
鉄をも溶かす炎の放射が、
凍えるような氷の槍《やり》が、
その全てが、凛を殺すためだけに放たれる。

背後には華がいるため回避することは許されない。

そして仮に回避ができたとしても、その先に待ち受けるのはオークキングを含めた接近戦を得意とする超強力な魔物たち。

勝ち目も、逃げ道もない絶望的な状況の中。

一切の恐れもなく、凛は告げた。

「来い――無名剣《ネームレス》、〝――〟」

右手には輝きを纏《まと》う白銀の長剣が。

左手には深紅に染まる短剣が出現する。

そして――

散歩に出かけるかのごとく、軽い足取りで。

凛はその絶望の中に、身を投じた。

◇◆◇

(これで終わりだ、天音凛!)

たった一撃で10000レベルの冒険者すら殺し得る魔法たちが、同時に凛を襲う。

それを見て、柳は勝利を確信した。

あの一斉攻撃に耐えることなど、柳自身ですら不可能だ。

――そう思っていたからこそ、全ての魔法が一瞬で消滅するという現実離れした光景を前に思考が停止した。

「――なんだと!?」

消滅した魔法の中から姿を現したのは、他ならぬ凛その人だった。
体はおろか、服にすら汚れ一つ見当たらない。
ありえない。
あの一斉攻撃を浴びて、そんなことがありえるはずがない！
だが、動揺していられる時間はなかった。
凛はそのまま、柳に向かって全速力で駆けてくる。
「――ッ、まだだ！　ソイツを止めろ！」
なんとか冷静さを取り戻し、魔物たちに指示を出す。
魔法に対する何らかの防御手段を保有していることは理解した。
それこそが、凛が保有する特別なスキルである可能性が高い。
ならば、物理攻撃はどうだ？
今ここいる魔物たちの中でなら、特にオークキングの身体能力が飛びぬけている。
「やれ、オークキング！」
「グルァァァアアアアアアアア！」
オークキングは巨大な鉄斧《てっぷ》を、凛に向かって勢いよく振り下ろす。
あれを防ぐことなど不可能なはずだ！

そう確信する柳。

だが、現実は非情だった。

「遅い」

「――――なっ！」

凛の速度が急激に上昇し、刃《やいば》が振るわれた跡だけが空中に残る。

その直後、体を上下に両断されたオークキングがその場に崩れ落ちた。

驚愕《きょうがく》する柳の前で、凛の猛攻は止まらない。

瞬く間に、白銀の剣によってレベル１０００を超える魔物たちが殲滅《せんめつ》される。

「なんだ、なんなんだお前は！」

その問いかけに対する返答など、当然存在しない。

そして、凛の矛先はとうとう柳に向いた。

「――――」

「くっ！」

振り下ろされる刃を、後ろに飛び退《の》くことによって紙一重のタイミングで回避する。

スピードに秀でた柳ならば、ギリギリで躱《かわ》すことが可能な速度だった。

だが、ここで安堵《あんど》するわけにはいかない。

普通なら、ここから凛の追撃が襲い掛かってくるはずだからだ！

そう思い身構える柳。

しかし、凛が柳との距離を詰めることはなかった。

その代わりに凛は左手に持つ四色の短剣を柳に向ける。

濃い赤色、薄い赤色、水色、黄色が刃の内側で輝いていた。

そして、凛は告げた。

「――解放《リリース》」

次の瞬間、短剣から放たれたのは巨大な炎の塊だった。

それは奇《く》しくも、先ほど柳が放った魔法に酷似していた
「くっ――――！」

想定外の攻撃に回避は完全には間に合わず、微《かす》かに触れた左肩に火傷《やけど》が生じる。

柳は右手でその箇所を押さえながら、目の前にいる凛を見据えた。

その手に握られている短剣から色が一つ消えているのを確認し、ようやく柳は理解した。

「そうか！　お前、それは――」

ここまでの情報が揃《そろ》えば、答えを導くのは容易《たやす》い。

凛が魔法攻撃を浴びて一切傷付いていないのも、短剣から放たれた炎魔法も、それで全

て説明がつく。
天音華の技能模倣が他人からスキルをコピーし、
柳爽二《そうじ》の略奪者が他人を殺してスキルを奪うものならば。
天音凛は、
奴《やつ》の持つその短剣は、自分を殺し得る魔法を奪う。
すなわち――
「――強奪の剣か！」
凛がその問いに答えることはない。
流れるような動きで三色に輝く短剣を構えると、柳を見据え、小さく呟《つぶや》いた。
「いくぞ、魔奪剣《グリード》――全てを喰《く》らえ」
相対するは、奪う者《略奪者》と、奪う物《魔奪剣》。
かくして、柳と凛による死闘が幕を開けた。

【魔奪の短剣】

・隔絶の魔塔を制覇した者に与えられる報酬。
・装備推奨レベル：13000
・攻撃力＋60％
・刃に触れた魔法を、魔法発動時と同量のMPを消費することで吸収することができる。
吸収した魔法を発動することも可能。その際にMPは消費しない。
・保管可能数：最大で7種類。

第七章　ゼロ

凛《りん》は柳《やなぎ》に攻撃を仕掛ける直前に、一瞬である判断を済ませた。

先ほど柳に斬りかかった時、無名剣《ネームレス》の特殊効果が発動した感覚はなかった。

そこから、柳のレベルが１００００～１３０００程度であると推測する。

ただ、柳が攻撃を回避できたことから分かるように、動き自体は本物だった。

両手に短剣を持っていることからも、柳がスピード型であると推測できる。

それらの点から、この状況においてはどうしても動作が大きくなる無名剣は適していないと判断した。

「武器交換《スイッチ》」

アイテムボックスを利用し、右手に持つ武器を無名剣から速剣《そっけん》に交換する。


【速剣】
・鍛冶スキルを用いて作成された短剣。

・装備推奨レベル：６０００
・攻撃力＋５０００
・速度＋３０００

この戦いにおいて重要となるのは、恐らく攻撃力ではなく速度。

そのため凛はこの場において、魔奪剣《グリード》と速剣の二刀流で戦うと決断する。

準備を終えた凛は、柳に対する猛攻を開始した。

「――チィッ！」

対する柳は、凛によって振るわれる短剣への対応に全神経を集中させていた。

自身もまた二刀流で対抗するも、ほとんど防戦一方でしかない。

（速い、それに一撃一撃が重い！　いったいなんなんだ、この男は！）

数回刃を交わした段階で、柳は凛が自分以上の身体能力の持ち主だと見抜いていた。

だからこそ、さらなる疑問が浮かび上がる。

（ありえない、ありえない、ありえない！　ほんの十数日前までは５０００レベル程度だったはずなのに！　まさか身体能力を数倍に引き上げるユニークスキルでも保有しているのか!?　でもなければ——本当にこの短期間でレベルが倍以上になったとでも言うのか!?)

周囲に比べ圧倒的なレベルアップ速度を誇る柳でさえ、到底信じることはできない。

そんなことが可能なはずがないと、頭と心が強く主張している。

だが当然、凛にその理由を聞くわけにはいかない。

いま分かっているのは、このままだと為《な》すすべなくやられてしまうという事実のみ。

何か。

何か別の手段が必要だ。

この状況を打開するための手段が！

略奪者《りゃくだつしゃ》によって幾つもの優秀なスキルを奪ってきた柳には、それを可能とするだけの引き出しが存在する——はずだった。

しかし柳の視界の端に映るのは、凛の左手に握られた三色に輝く短剣。

「くそっ！　その忌々しい短剣さえなければ！」

これまでに柳が奪ってきたスキルのうち、半数以上が魔法系のユニークスキルである。

それらは一手で戦況をひっくり返すほどの威力を誇るが、あの短剣がある限り通用しない。それどころか、向こうの戦力になってしまう恐れすらある。

考えれば考えるほど、常識離れした異常な性能。もしかしたら発動には制限があるのかもしれないが、それを確かめるだけの余裕も存在しない。

結局のところ、今この状況で柳ができるのは紙一重のタイミングで凛の攻撃を躱し、時には短剣で刃を受け止めることのみ。

唯一の救いとして、防御に専念すればかろうじて対応できる程度の能力差ではあった。

こちらが魔法を放たない限り、これ以上凛に魔法が奪われることもない。

隙を見つけて反撃を仕掛けることは可能なはずだ。

そう考える柳。

だが、薄氷の上に成り立つ均衡がいつまでも続くことはなかった。

「――解放《リリース》」

「しまっ！」

凛の振るう刃に意識が割かれ過ぎていたのか、対応が遅れる。

魔奪剣から放たれた氷の槍《やり》が、柳の右足を貫いた。

「くっ！」

思わずその場に片膝をつく。

そんな柳の心臓に対し、凛は迷うことなく速剣を振るった。

（――――まだだ！）

だが、柳は諦めない。

回避は間に合わずとも、短剣での防御なら間に合うはず！

左手に握る短剣を胸の前にかざす。

なんとかギリギリのタイミングで、防御に成功する――

そう思った次の瞬間、凛の手から短剣が消えた。

「賢者」

「――――は？」

そして訳の分からない呟きとともに、全力の殴打が柳の胸を直撃した。

「がはッ！　かぁッ！」

凛の拳は軽々と柳の肋骨《ろっこつ》を粉砕し、その体を豪快に吹き飛ばした。

目にも留まらぬ速度で背中から壁に激突し、さらなる激痛が襲い掛かってくる。

火花が散る視界の片隅で、一気にＨＰ《ヒットポイント》が三割近く減少した。

（なんだ、今のは？　素手？　素手で殴られたのか？　だとするなら異常な威力だ！　いったいどうなっている!?）

左手で胸を押さえながら、必死に頭を回す。

だが答えが出るよりも早く、凛は地を強く蹴りこちらに向かって走ってくる。
両手には再び短剣が握られていた。
立ち上がり回避しようにも、体がうまく動かない。
（ここで終わり、なのか？）
このまま追撃をまともに浴びれば、そのまま柳は死ぬことになるだろう。
その現実に直面した時、柳の視界に映るものの流れが遅くなった。
それとは逆に、柳の思考は加速する。
（あんな奴に、僕は負けるのか？）
そんなことは、ありえない。
（僕はまた、奪われるのか？）
そんなことが許されていいはずがない。
（僕は……生き残るためならば僕は、全てを賭してでも！）
そして、覚悟は決まった。
「——【片翼の飛翔《ひしょう》】」
最後の手段を、今ここで投下すると。

【片翼の飛翔LV6】：速度を＋60％（1秒につき、最大HPが1％ずつ減少する）

プラス効果よりもマイナス効果の方が大きい、あまりにも割に合っていないユニークスキル。誰もが獲得することのできる疾風の方が、この何倍も優秀だ。

最大HPの減少はこれから永遠に影響するため、これだけは使いたくないと思っていた。

だけど、ここで死んでしまっては全てが水の泡になる。

既に発動している疾風LV10でも凛に及ばないのであれば、現状を打破する方法はこれしかない。

（だから僕は、全てを賭してでも――）

「――お前を殺す！　天音《あまね》凛！」

痛みに耐え、柳は全力で駆け出した。

「――喰《く》らえッ！」

「なッ!?」

片翼の飛翔を使用した柳は、凛の速度を遥《はる》かに凌駕《りょうが》していた。

その動きに、凛が対応することはできなかった。

（いける！）

柳の振るう短剣が、限界を超えた速さで凛の脇腹に迫る。

このタイミングでは、回避も防御も間に合わない。

柳が攻撃の成功を確信した、次の瞬間。

返ってきたのは、キン！　という、刃《やいば》が硬質な何かに弾《はじ》かれる音だった。

「――なんだと!?」

たとえ凛の体がどれだけ頑丈であったとしても、ありえないような甲高い音。

となると、答えは一つしか存在しない。

天音凛の体を取り囲むようにして、目に見えない壁が存在しているのだ。

渾身《こんしん》の一撃が弾かれたという絶望的な状況。

だが、覚悟を決めた柳が迷うことはなかった。

「驚いたぞ、天音凛。魔法だけではなく物理攻撃に対する防御手段すら備えているとはな。いつまでそれが持つか、試させてもらう！」

「――――！」

最大ＨＰが０になるまでという制限時間のある柳は、止まることなく猛攻を仕掛ける。

凛の周囲を縦横無尽に駆け巡りながら、二振りの短剣で斬りかかり続けた。

先ほどまでとは一変。ひたすらに柳が攻め、凛が守るといった状況が生まれていた。

ただ一つ違う点は、凛の防御が間に合っていないということだ。

かろうじて柳の動き自体は見えているようだが、動きが追い付いていない。

回避も防御もできない凛に、柳は一方的に剣撃を浴びせていた。

そしてとうとう、その瞬間が訪れる。

柳の渾身の一撃が凛の背中に直撃した時、ピシリと何かがひび割れるような音が響いた。

「やはり限界はあったようだな！　次の一撃で、確実に砕いてみせる！」

柳の言葉に対して、凛は小さく口を開いた。

「――解放《リリース》」

「ッ！」

魔奪剣から放たれる、炎の放射をギリギリで回避することに成功する。

攻撃を中断させられたのは面倒だが、これで凛が扱える魔法は残り一つ。

考慮しなければならない事柄が減ってくれた。

ならば、後はトドメを刺すのみ！

柳は地面を力強く蹴り、過去最速の動きで凛に迫る。

「これで終わりだ、天音凛！」

凛は自分に迫る柳に視線を向けたまま、動こうとはしなかった。

自分の敗北を悟り、抵抗する気がなくなったのだろうか？

もしくはそう見せかけて、柳の油断を誘っている可能性がある。

（油断などしてやるものか。お前の実力が本物だということは僕にも分かっている。だからこそ僕の全力をもって、お前の息の根を止める！）

さらに加速する柳。

だが、ふとここで彼は違和感を覚えた。

（――――なんだ？）

柳の視界に映ったのは、凛の目だった。

自分の死が迫ったこの状況において、彼の目には一切の恐れも存在せず、ただ前を見据えていた。

（いや、気のせいだ。僕の勝ちは決まった！　この一撃で終わりだ！）

柳は短剣を大きく振りかぶる。

たとえステータスが倍になったとしても、ここから凛の回避が間に合うことはない。

そう確信する柳。

だが、彼は知らなかった。

――天音凛の本質を。

柳に唯一の誤算があったとするならば。

それはきっと、凛の保有するユニークスキルの正体を知らなかったこと。

そして、それを発動するための時間は――もう、必要なかった。

（ダンジョン内転移《ないてんい》LV20――）

最後に小さく、凛は告げた。

「――瞬間転移《タイム・ゼロ》」

そして、蹂躙《じゅうりん》が始まった。

◇◆◇

縦横無尽、かつ神出鬼没に、凛は自身が持つ二本の短剣を振るっていく。

対する柳は防戦一方――否、そう表現するのも憚《はばか》られるほどの苦境だった。

他に適切な言葉を探すなら、まさに蹂躙と言う他ないだろう。

背中が、脇腹が、足が、肩が、凛の振るう短剣によって切り刻まれていく。

丁寧に、慎重に、柳の体力を少しずつ削っていくかのごとく。

その最中《さなか》、柳は思わず悪態をつく。

「ノータイムでの連続転移！　速度という概念を超越した神速の剣撃！　それがお前の隠していた力か、天音凛！」

使い方次第では、全てのスキルの中で頂点に至る可能性さえある異常な能力だ。

そんな力を前にしては、柳が唯一上回っていた速度などほとんど意味をなさない。

凛の猛攻に対して柳にできることはただ一つ。

索敵を常時発動することで凛の出現位置を把握し、転移後から攻撃までのコンマ一秒にも満たない間で、かろうじて致命傷を避けることのみ。

だが、致命傷を避けたとしても、一撃一撃が的確に柳の体力を削っていく。

残存ＨＰは既に五割を切ろうとしている。

そしてそれは、片翼の飛翔による最大ＨＰの減少を遥かに上回る勢いだった。

（このままでは為《な》すすべなくやられる！　どこかのタイミングで反撃に出るしか、この状況を覆す方法はない……だが！）

凛の左手に握られる、黄色に輝く短剣が視界に映る。

（その際には敵からの反撃も考慮しなければならない。短剣による攻撃だけならばともかく、魔法による攻撃まで選択肢に含まれれば対応することは不可能だろう。せめて、奴《やつ》の手札から魔法だけでも消すことができれば……！）

必死に頭を回転させ、打開策を考える柳。

その直後のことだった。

「しまっ……！」

「――――！」

柳は地面の出っ張りに足を取られ、急激に速度を落とした。

このレベルの戦いにおいて、そのような僅かなミスでさえ命取りになる。

そして、それを逃す凛ではなかった。

両手に短剣を握り、トドメを刺すべく真正面から迫ってくる。

もう、転移すら必要ないということだろう。

それに対抗するべく、柳はその場で立ち止まり凛を迎え撃つ。

しかし、その対応を見た凛は素早く行動を変えた。

「――解放《リリース》」

「なっ！」

短剣の攻撃に備える目的で立ち止まった柳に対して放たれたのは、魔法による広範囲攻撃だった。

眩《まぶ》しい雷光が、柳の上半身目掛けて空を駆ける。

このタイミングでその攻撃を躱《かわ》すのは不可能——そのはずだった。

だがそんな絶望的な状況で、柳は小さく笑った。

「——掛かったな！」

「ッ!?」

柳は驚くほどの反応速度で身を屈《かが》め、紙一重で雷光を回避する。

それもそのはず。地面の出っ張りに足を取られたのも、その後に立ち止まったのも、全ては凛から魔法攻撃を引き出すための罠《わな》だったのだ。

これで凛に魔法攻撃はなくなった。

その確信とともに、柳は高速で凛に迫る。

「——瞬間転移」

だが、凛にはまだ奥の手が存在していた。

瞬間転移によって凛は柳の目の前から姿を消す。

しかし柳は常時発動している索敵により、凛が後方に出現したことを素早く察知した。

「馬鹿の一つ覚えが！」

それさえも柳が計算していた通りだった。

ここまでの猛攻を耐えた経験から、凛が柳の死角に転移してくることは分かっていた。

だから今、一瞬で反応することができたのだ。

素早く体を反転させ、その勢いのまま短剣を振るう。

これまで防御か回避しか選ばなかった柳からの反撃を、凛は予想していないはず！

そんな考えのもとに振るわれた短剣は、無情にも空を斬った。

「――――は？」

そして、柳は見た。

ほんの2メートル先。

短剣が届かない場所に立つ凛が、黄色に輝く短剣をこちらに向けているのを。

「解放《リリース》」

「ぐぁ、うぁぁあああああああ！」

そして、眩《まばゆ》い雷光が混乱の最中《さなか》にいる柳に直撃した。

体を焼き尽くすような熱と、強烈な痺《しび》れが襲う。

瞬く間にＨＰが二割を切った。

なんだ？

なにが起きた？

なぜ今、自分がこんな風にダメージを受けている？

どうして凛は魔法攻撃を放つことができた？

（まさか——）

柳の頭の中に浮かんだのは、突拍子もない答え。

ただ、それ以外には考えられなかった。

（転移で先回りすることによって、自分の放った魔法を再び吸収したとでも言うのか⁉）

魔法を奪う剣と、転移魔法。

常軌を逸したこの二つの力を同時に有しているからこそ実現可能な、普通ならばありえない戦法。

それを凛はいとも容易《たやす》く実行してみせたのだ。

（——この化物が！）

身体能力も、武器も、スキルも。そして思考でさえ、自分を遥《はる》かに凌駕《りょうが》している。

——そのことを、柳はここにきてようやく理解した。

そんな柳のもとに、今度こそトドメを刺すべく凛が迫ってくる。

それを真正面から迎え撃つ力は、もう柳には残っていない。

（認めよう、天音凛。お前は確かに僕よりも強い――だが！）

一つの決断のもとに、柳は左手に持つ短剣を力強く投擲《とうてき》した。

その短剣は凛のすぐ横を通り過ぎていく。

しかし、それでよかった。

なぜなら柳の狙いはその先にあったのだから。

「きゃあっ！」

「ッ⁉」

自分に襲い掛かってくる短剣を見た少女――天音華《はな》が悲鳴を上げた。

その悲鳴を聞き、ここまで冷静さを保っていた凛の表情に動揺が走る。

そんな二人の反応を見て、柳は小さく笑った。

（お前が僕より強いことは分かった。だが、これは実戦。生き残った者こそが勝者だ。悪いが勝利だけは僕がもらっていく！）

こうなった以上、華の保有するユニークスキル技能模倣《ストック》は諦めることになっても――つまり、略奪者の対象に指定していない状態で殺すことになったとしても構わない。

それよりも今は、凛を殺すことが最優先だ。

もっとも、華が先に死ぬ可能性は著しく低いだろうが。

（お前が妹を見殺しにすることはないだろう！　転移を使って短剣から妹を守ろうとするはず！　そのタイミングで全身全霊の一撃を浴びせる！　お前を殺すのは、他ならぬお前自身の愚かな兄妹《きょうだい》愛だ！）

柳は地面を強く蹴り、華のもとに向かって駆けた。

凛が出現したタイミングで攻撃を仕掛けられるように。

対する凛はというと、柳への猛攻を諦めその場で急ブレーキをかける。

そして予想通り、小さく呟《つぶや》いた。

「瞬間転移」

（今だ！）

ここが正念場であると理解し、さらに加速する柳。

直後、凛は出現した。

——柳のすぐ目の前に。

「なっ⁉」

思わず、柳は心からの驚愕《きょうがく》を口にした。

（なぜ僕の前に転移している⁉　妹のことは見捨てたのか⁉）

凛の行動原理が理解できず、敵がすぐ前にいる状況で、柳は華のもとに視線を向け——

見てしまった。キン！　という硬質な音とともに、短剣が華の体の前で弾《はじ》かれるのを。

柳は、その光景に見覚えがあった。

（まさかコイツと同じものを、妹も纏《まと》っていたというのか⁉）

柳の猛攻を受けても凛がダメージを負わなかった理由。

それは凛の体が透明の壁によって守られていたからだ。

まさかそれを妹にも発動していたなど、予想できるはずがない！

柳が短剣を投擲した時、凛が驚いたような表情を浮かべたのも、立ち止まろうとしたのも、恐らくは全て柳を騙《だま》すため。

それはさながら、先ほど柳が仕掛けた作戦の意趣返しのようでもあった。

予想だにしない状況に戸惑い、思考が停止する。

そんな柳に向けて、凛は冷たい目を向けた。

そして、最期の瞬間が訪れる。

◇◆◇

「天音凛……！」

予想の裏をかき眼前に現れた凛に対して、柳は驚愕の表情を浮かべながらも左手に握る短剣を振り下ろす。

しかし――

「お前は、選択を間違えた」

「なッ!?」

――それよりも早く、凛の振り上げた速剣が柳の左腕を切り裂いた。

柳の左手から握力が失われ、短剣が空中を舞う。

怒り、憎しみ、殺意。

その全てを無理やり抑え込んだ冷徹な声で、凛は告げる。

「手を出してはいけない存在に、手を出した」

脳裏に浮かぶのは華の笑顔。

続けて凛は、左手に握る魔奪剣を弓のように大きく引いた。

その一連の動作に、凛は自分の中にある感情を全て溜《た》め込み――

「お前だけは絶対に、許しはしない！」

――全てを、解き放った。

「――――！」

柳がなんとかその一撃を防ごうとするが、もう遅い。

音速を軽々と凌駕する神速の剣閃《けんせん》が瞬く。

突き出された一振りの刃《やいば》は空を裂き、そして。

――深く、深く、柳の心臓を貫いた。

「が、はっ！」

凛が心臓から短剣を抜くと、柳は口から血反吐《ちへど》を吐き、ゆっくりとその場に崩れ落ちていく。地面に横たわる柳は、自身の敗北を理解したかのような表情を浮かべていた。

凛はそんな柳を見下ろし、魔奪剣を強く握り締めながら静かに告げた。

「──俺の勝ちだ」

かくして、柳と凛による死闘は、凛の勝利で幕を閉じるのだった。

◇◆◇

朦朧《もうろう》とする意識。

柳は自分の胸から流れていく血を眺めていた。

(そうか。僕が負けた、のか……)

指の一本さえ、満足に動かすことができない。

このまま自分が死ぬのは変えようのない現実であるということを、柳は強く実感した。

そんな柳を見下ろすのは、彼の心臓に短剣を突き立てた張本人である青年──天音凛だった。

凛は、感情の見えない冷え切った目をしていた。

(まさか、ここまで完全に敗北するとはな)

柳は自分自身に対して、小さく鼻で笑った。

(結局、最後の最後まで、僕はお前の手のひらの上だったわけだ)

魔法を奪う剣、透明の壁、そして転移。

それらを用いて、凛は自分を殺そうとする柳の策をことごとく粉砕した。

そして最後には迷うことなく短剣を柳の心臓に突き刺してみせた。

そんな凛に対して、柳は一つだけ問いたくなった。

「……最期に聞かせろ、天音凛。お前はこれまで、人を殺したことがあるか？」

「……今回が初めてだ」

「……それで、これか。本物の化物だな、お前は」

自分に向けられた殺意すら呑《の》み込み、目的のためには手段を選ばず前に進むことができる——凛がそういう存在であると、柳は理解した。

自分が初めて人を殺した時は、震える手でナイフを握った。

そして人を殺したという事実に、心が押し潰されそうになった。

たとえそれが正当防衛だと分かっていても、だ。

そんな柳と目の前にいる凛とでは、そもそもの器が違っていたのだろう。

この結果は、きっと初めから決まっていたものだったのだ。

薄れゆく意識。

最期に柳は、凛に向けて告げる。

「そんなお前がこの力をどう使うか……見届けさせてもらおうか」

そして柳は、静かに息を引き取るのだった。

◇◆◇

俺のすぐ目の前で、柳が完全に息絶える。

それと同時に、頭の中にシステム音が鳴り響く。


『経験値獲得　レベルが121アップしました』

『スキル【略奪者】を獲得しました』

『略奪者がLV1にリセットされます』


そこには衝撃的な言葉が含まれていた。

「……略奪者を獲得、か」

驚く気持ちはあるが、それと同時に納得している部分もあった。

というのも、略奪者の対象から外れるためには、発動者だけではなく対象者の同意まで必要としていたからだ。

普通に考えれば、対象者であり続けるメリットなど存在しない。にもかかわらずそのような条件があるということは、何かしらの理由が隠されていると考えていた。

……とはいえまさか、本当に入手できることになるとは思わなかったが。

柳の最期のセリフから察するに、こいつも自分が殺された後、他人に能力が移ることは知っていたはずだ。

……もしくはこいつ自身、誰かから奪い取った力なのかもしれないが。

今はもう、それを確かめる手段は存在しない。

俺は踵《きびす》を返し、柳に背を向ける。

そして最後に、もうここにはいない相手に向けて誓った。

「たとえ同じ力を手にしたとしても……俺は絶対に、お前のようにはならないよ」

その言葉は壁に何度か反響した後、どこか遠い場所に消えていくのだった。

【天音　凛】
レベル：１３６１７　ＳＰ《スキルポイント》：８７１０
称号：ダンジョン踏破者《とうはしゃ》（10／10）・無名の剣豪・終焉《しゅうえん》を齎《もたら》す者《もの》（ＥＲＲＯＲ）・賢者

を越えし者
ＨＰ：３９２８０／１０６６８０　ＭＰ《マジックポイント》：３６８０／２９４９０
攻撃力：２５４５０　耐久力：２１４８０　速　度：２６６２０
知　力：２１１６０　抵抗力：２１２４０　幸　運：２０２２０
スキル：ダンジョン内転移LV20・身体強化LVＭＡＸ・剛力LVＭＡＸ・金剛力LVＭＡＸ・高速移動LVＭＡＸ・疾風LVＭＡＸ・起死回生LV１・浄化魔法LV１・魔力上昇LVＭＡＸ・魔力回復LV２・索敵LV４・隠密《おんみつ》LV４・状態異常耐性LV４・鑑定・アイテムボックスLV５・隠蔽LV１・纏壁《てんへき》LV１・略奪者LV１

【ダンジョン内転移LV20】
使用ＭＰ：１ＭＰ×距離（Ｍ）。
条　件：発動者が足を踏み入れたことのあるダンジョン内に対してのみ転移可。
転移距離：最大で４００メートル。
発動時間：０・８秒×距離（Ｍ）。
対象範囲：発動者と発動者が身に纏《まと》うもの。

【派生スキル：瞬間転移】
　１００ＭＰを使用することにより、半径10メートル以内なら0秒で転移可。
（ダンジョン内転移がLV20になったことにより獲得）

【略奪者LV１】
　条件：対象者を自身の手で殺すことによって、任意のスキルを奪うことが可能。任意のスキルを選択しなかった場合、最もLVの高いスキルを奪う。逆に発動者が対象者の手で殺された場合、このスキルはLV１にリセットされた状態で対象者のものとなる。直接触れた人間しか対象者として選択できない。
　略奪可能数：１種類

◇◆◇

　柳に背を向けて歩く傍ら、俺はステータス画面に浮かぶ『ＭＰ：３６８０／２９４９０』という表示を見て顔をしかめた。
「……結果的には俺の圧勝だったかもしれないが、実際はかなり危なかったな」

今回、俺が新しく得た二つの力――魔奪剣《グリード》と、瞬間転移《タイム・ゼロ》。

魔奪剣は隔絶の魔塔の二つ目の制覇報酬として。

瞬間転移は、隔絶の魔塔から住福《すみふく》ダンジョンに向かってくる途中、少しでも早く華のもとに辿《たど》り着かなければと思いダンジョン内転移のレベルを上げた結果入手した。

本当はダンジョン内転移の発動時間が少しでも短くなればいいと考えた上での選択だったのだが、想定以上の拾い物をしたといったところだろうか。

この二つは強力な武器だが、同時に欠点も存在する。

魔奪剣で魔法を奪う際はその魔法発動時と同量のＭＰ、瞬間転移は一回につき一律で１００ＭＰと、ともに大量のＭＰ消費を必要とする。

さらに魔奪剣も瞬間転移も実戦投入するのは今回が初めてであり、戦闘中に想定していない欠点が露見する可能性もあった。

だからこそ使い所を十分に見極めた上で発動したつもりだったのだが、それでもある程度は対応されてしまったことから、柳の地力が窺《うかが》える。

優れた思考能力を持つ敵はそれだけで厄介だ。

力量差だけなら纏雷獣《てんらいじゅう》なんかと戦っている時の方が強く実感したが、それとはまた違う異質な強さだった。手札の切り方が一つでもずれていれば、少しでも相手に情けをかけようとしていれば……立場は逆転していたかもしれない。

　そんなことを考えつつ、俺は華のもとに歩いていく。

「華、大丈夫か？」

　華の前で片膝をつき、そう尋ねる。

　すると、

「——お兄ちゃん！」

「おっと」

　緊張から解放された安堵《あんど》からか、全力で飛びついてきた。

　それを受け止めると、華は震える声で言う。

「……怖かったよ」

「そっか。ごめんな、俺が来るのが遅れたせいで、華を危険な目に遭わせた」

「そうじゃないよ！　私が助けを呼んだせいで、お兄ちゃんまで死んじゃうんじゃないかって……すごく怖かったの」

「……華」

　俺は、華の頭を優しく撫《な》でた。

「もう全部終わったから。心配かけて悪かった」

「ううん。無事なら、それでいいよ」

「ありがとう。けど怖い目に遭わせちゃったな。短剣が当たったところは大丈夫か？」

「うん。お兄ちゃんのおかげで、ぜんぜん平気だよ。えへへ」

確かに、華の体に新しい傷はできていないようだ。

俺はほっと胸を撫で下ろす。

……纏壁が、他人にも使用できるスキルで本当によかった。


【纏壁LV1】
・MPを消費することにより、対象者を包み込むような魔力の壁を生み出す（強度、持続時間はスキルレベルにより変動）。
・クールタイム：60秒。

スキルの説明にあるように、このスキルが発動できるのは対象者に対してであり、スキルの発動者だけとは限定されていない。

　だから俺はここに来てまず、華に対して纏壁を発動した。

　俺自身に使ったのは、柳と会話をして六十秒が経過した後だったというわけだ。

　本当は華を狙わせないほどにまで圧倒できればよかったのだが、柳は最後まで自分が生き残るための策を打ち続けていた。

　改めて、厄介な敵だった。

「ねえ、お兄ちゃん」

「ん？」

　そんなことを考えていると、華が呼び掛けてくる。

「お兄ちゃんって、本当は凄《すご》く強かったんだね」

「……隠してて悪かった」

「ううん、謝らなくて大丈夫だよ。私もこんな目に遭ったからもう分かるもん。そうするだけの理由が何かあったんでしょ？」

「……ああ。家に帰ったら、全部説明するから」

「うん」

　こうなった以上、華には全てを説明するべきだろう。

　俺がここまで歩んできた道のりを。

だけど今だけは、華が無事であることをただ喜びたい。

心から強く、そう思った。


地上に出る直前、俺は華に頼み、二手にわかれることにした。

というのも、俺は今回ゲートを通ることなく地上からダンジョン内転移を使用して住福ダンジョンの中に入った。俺がダンジョンに入ったことを目撃した者がいないにもかかわらず、華と一緒に出て行けば不審に思われてしまう。

そういった事情から、俺は隠密のスキルを使い周りにバレないように地上へと出た。

Eランクダンジョンにいる冒険者たちに察知されることはないだろうという予想通り、俺に気付く者はいなかった。

続けて、華は一人で外に出てきた。

すると先に地上へ出ていた者たちは驚いた表情を見せたが、彼らは華が無事だったことを知り安堵した様子だった。

なぜ一人だけ取り残されたのかと聞かれたので、華が事前の打ち合わせ通り、途中で他の魔物に襲われて必死に逃げた結果皆からはぐれてしまい、なんとか一人で地上に戻ってきたと説明すると、皆は納得していた。

その後、俺は遅れて現地に辿り着いた風を装って華と合流した。

しかし、そうなると残る問題は未《いま》だに戻ってこない柳と片桐《かたぎり》。

少し時間をおいて、ダンジョン協会の人たちが到着した。

熟練の冒険者らしい彼らは、柳と片桐を助けるべく中に入る。

そして約二十分後――彼らは戻ってきた。

二人の死体と、一枚の魔石板《ませきばん》とともに。

それを見て、ドクンと俺の心臓が跳ねた。

彼らはその魔石板のもとに集まり、焦った様子で話し合いを始める。

学生たちには届かない声量だが、俺にははっきりと聞こえていた。

「ここに書かれていることは事実なのか？　柳くんが片桐さんを殺しただなんて」

「とても信じられない。そんなことをする子には見えなかったが……」

「なんにせよ、検証はするべきでしょう。本当に彼が略奪者というスキルを保有しており、魔物使役《テイム》を奪っていたというのならば、あの状況も説明がつきます」

「まだとても断定はできないがな。だが、つい最近別のダンジョンでテイマーが不審な死を遂げたのは事実だ。殺害時の状況をもう一度確認しよう。それで明らかになるかもしれん」

「よろしくお願いします」

――その魔石板には、俺が今回の経緯について全て書き記していた。

その場にいたのが俺と華であるという点を除いて。

俺の実力はまだ、世界の強者と渡り合うには及ばない。

ダンジョン内転移について明らかにするわけにはいかない。

柳を殺す実力があると知られれば、それについても芋づる式に判明する可能性が高い。

だからといって、今回の一件を黙って見過ごすこともできない。

柳はダンジョン協会のメンバーという立場を利用し、多くの命を奪おうとした。

その事実は明らかにしなければならない。

それらの折衷案として、俺は今回のことについて書き記しておくことにしたのだ。

魔石を加工して作り上げた魔石板に、短剣で文字を刻み込むことによって。

問題になるだろう点は誰がその魔石板を残したかだが……俺がダンジョンの中に入っていたと知っている者は華を除いて存在しない。その答えに辿り着くのは不可能なはずだ。

などと考えている間にも、彼らの話し合いは続く。

「ただそれ以上に重要なのは、誰がこれを書き残したのかという点ですが……」

「正体を明かしたくない理由があるのかもしれないが、私たちの立場上見逃すことはできない。ダンジョンから出てくる一般の冒険者たちに、中で不審な人物を見かけなかったか聞き込み調査を行ってくれ」

「かしこまりました」

ダンジョン協会のスタッフたちのうち、一人がゲート前に向かい、一人が俺たちのもとにやってくる。

そして頭を下げた。

「今回の事件に巻き込んでしまい、まことに申し訳ありませんでした。大変恐縮なのですが、事件の真相を究明するために、幾つかの質問に答えていただけませんでしょうか？」

そして、彼は幾つかの質問を投げかけてきた。

強力な魔物がどんな風に現れたのか、柳や片桐の対応はどうだったのか、などなどを。

その途中、皆からはぐれた華はさらに幾つかの質問をされていた。

とはいえ、当然向こうも冒険者になって間もない華に柳を殺すだけの力があるとは思っていないようで、先ほどと同じ説明をするとすぐに納得してくれた。

結局、その後ダンジョン内にいた冒険者たちからの聞き込みを経ても真相が分かることはなく、俺たちは帰宅を許可されるのだった。

◇◆◇

その日の夜。

俺は華に、これまでのことを全て話した。

冒険者になってから一年間、無能と蔑まれながらもあがき続けたこと。

ダンジョン内転移が覚醒した結果、再挑戦期間《スパン》を無視してダンジョンを何度でも攻略できるようになったこと。

通常の冒険者に比べて数十倍の速度で成長することがバレたらどんな危険な目に遭うか分からないため、家族を含めて周囲には隠していたこと。

華は最後まで聞くと、笑って頷《うなず》いてくれた。

そんな華の反応を見て、俺はほっと胸を撫《な》で下ろした。

それ以外にも幾つか華と話しておきたいことはあったが、疲れが溜《た》まっているであろうため、今日はもう休むことになった。

……そのはず、だったのだが——

風呂に入り、隔絶の魔塔での出来事を含めた数日分の疲れを癒《いや》すためベッドに入ると、少しして部屋の中にノックの音が飛び込んでくる。

「華？」

「……お兄ちゃん、今日は一緒に寝てもいい？」

扉を開けると、そこには寝巻姿に枕を抱き締めた華がいた。

あれだけのことがあった後だ。

一人で眠るのが心細くなる気持ちも分かる。

俺は華の意思を尊重し、今日は一緒に眠ることにした。

……こうして一緒に隣で寝るのは、もう何年振りのことだろうか。

「ねえ、お兄ちゃん」

「ん、どうした？」

そんなことを考えていると、華が静かに呼び掛けてくる。

「今日はありがとう。お兄ちゃんが助けにきてくれて、すごく嬉《うれ》しかったよ」

「……当たり前だ。俺はお兄ちゃんだからな」

優しく頭を撫でてやると、華は「えへへ」とはにかむ。

「でも、ほんとはちょっとだけ残念だって気持ちもあるの」

「残念？」

「うん。だって私が冒険者になろうって思ったのは、お兄ちゃんがいなくても、自分で自分を守れるようになりたいって思ったのが理由だったから……それなのに結局、お兄ちゃんに守られちゃった」

「……そうだったのか」

実を言うと、華が冒険者を目指す理由がなんなのかは、以前から気になっていた。

まさかこんなタイミングで知ることになるとは思っていなかったが。

だけどあんな目に遭った以上、その意志も弱まったかもしれない。

次に華の口から出てきた言葉は、そんな予想とは正反対のものだった。

「私ね、強くなりたい」

「強く？」

「うん。今日みたいにお兄ちゃんに守られるだけじゃダメなの。自分で自分を、ううん、私が他の誰かを守れるくらい、強くなりたいって思ったよ」

「……そうか」

その言葉を聞いて、俺は華がすごく強いと思った。

体がじゃなく、心が。

きっと華なら、その思いを現実のものにすることができるだろう。

でも、と。

俺は小さく笑いながら言った。

「華の気持ちは分かった。だけどそれは別に、絶対に自分一人で成し遂げなければならないってわけじゃないからな。具体的に言えば、困った時はいつでも俺を頼ってくれていい。ほら、いきなりお兄ちゃん離れとかされるのも、ちょっとショックだしな」

「……もう。まったく、こんなシスコンな兄を持って、私はほんとに大変だよ」

言って、華は布団を頭の上までかぶる。

暗いからよく分からなかったが、顔が赤くなっているように見えたのは気のせいだったのだろうか？

なんにせよ、もうそろそろ良い時間だ。眠ることにしよう。

俺は、隣にいる華に声をかける。

「おやすみ、華」

「……うん。おやすみ、お兄ちゃん」

そして俺たちは、翌朝までぐっすり眠るのだった。

まるで、幼かった子どもの頃のように。

エピローグ

柳《やなぎ》との死闘から数日が過ぎたある日、俺はとある場所にまでやってきていた。

「随分と久々に感じるな」

俺は小さくそう呟《つぶや》いた後、眼前に聳《そび》え立つ巨大な塔——隔絶の魔塔を見上げた。

隔絶の魔塔が出現してからもう一週間以上は経《た》っているためか、調査に来ている人数は以前よりも遥《はる》かに少なくなっていた。

そのため、比較的簡単に隔絶の魔塔にまで近付くことができた。

「よし、やるか」

隔絶の魔塔に手を当てた俺は、覚悟を決めて小さく唱える。

「ダンジョン内転移《ないてんい》」

しかし、いくら待っても転移が発動する気配はない。

……まあ、予想していたことではあるが。

「やっぱり、普通のダンジョンとはいろいろと仕組みが違うみたいだな」

そう呟いて、俺はステータス画面からダンジョン内転移の説明を読んだ。

【ダンジョン内転移LV20】
使用ＭＰ：１ＭＰ×距離（Ｍ）。
条　件：発動者が足を踏み入れたことのあるダンジョン内に対してのみ転移可。
転移距離：最大で４００メートル。
発動時間：０・８秒×距離（Ｍ）。
対象範囲：発動者と発動者が身に纏《まと》うもの。

【派生スキル：瞬間転移《タイム・ゼロ》】
１００ＭＰを使用することにより、半径10メートル以内なら0秒で転移可。

重要なのは、この中にある『転移距離：最大で４００メートル』という一文。
隔絶の魔塔の外壁の厚さはどう考えても４００メートル以下。
普通だったらダンジョン内転移で中に入れるはず。

にもかかわらず、ダンジョン内転移が発動できないのはなぜなのか。

俺はその理由に心当たりがあった。

「よく考えてみたら、そもそもおかしな点は色々とあったからな」

一つの階層を攻略するごとに、ダンジョン内の景色は別世界のように変わっていく。

中には、室内であるにもかかわらず青空が広がる階層さえ存在していた。

そこから一つ推測できる。

隔絶の魔塔の内部は、通常のダンジョンとは異なり、そこには存在していない。

もっと言えば、こことは違う別の空間に存在していると考えられる。

「この世界からは隔絶された空間に存在するダンジョン。故に、隔絶の魔塔か」

この予想が正しければ、距離を条件としているダンジョン内転移が発動できないのも納得できる。

少し考察が長くなったが、まとめると隔絶の魔塔だけは、他のダンジョンのように何回も挑戦することができないということだ。

「……そりゃそうだろうとは思っていたけど、正直かなり困るな」

今回、隔絶の魔塔を制覇したものの、結局三つ目の報酬は与えられなかった。

纏壁《てんぺき》や魔奪剣といった強力な武器を入手できたことや、代替報酬《だいたいほうしゅう》によって華《はな》の危機を知り助け出すことができたため文句はないが……それでも多少なりとも残念な気持ちにはなってしまうものだ。

せめて与えられる報酬が何だったのか、いや、達成すべき条件が何だったのかだけでも教えてもらいたかったところだが……

もう過ぎた話だ。悔やむだけ時間の無駄だろう。

「そうだ。代替報酬といえば、結局システム音はどうしてあの情報を選んだんだろう？」

あの時、ダンジョンに関する情報を与えられると聞いて俺が考えていたことは、ダンジョンの謎やレベルシステムの仕組みについて。

にもかかわらず、システム音が実際に与えてくれたのはダンジョン内にいる華がピンチであるという情報だった。その点からシステム音はただ俺の思考を読み取ったのではなく、俺が心から大切にしているものが何であるかまでをも把握していたことが分かる。

ただ機械的に処理するだけでは不可能な芸当だ。

それに、システム音について気になる点は他にもある。

あの日、あの時、あの場所で。

俺が華を助けるべく駆け出そうとした瞬間、確かに聞こえた言葉。

『がんばれ――リン』

そう、システム音は告げていた。

それが俺にはいつものような機械的な音声ではなく、感情の込められたものに思えた。

そして何より――俺はなぜか、それに懐かしさを覚えたんだ。

隔絶の魔塔に手を当てながら、俺はゆっくりと問いかける。

「……お前はいったい、何を考えているんだ？」

仮にその声の主が、この世界にダンジョンとレベルシステムを与えたとするならば。

その理由を知りたいと。知らなければならないと思った。

ただ残念ながら、今回は反応が返ってくることはないみたいだ。

口惜しい気もするが、仕方がない。

俺はため息を吐《つ》くと、意識を切り替える。

「さあ、そろそろ戻るとするか。ダンジョン攻略を続けていたら、また似たような機会があるかもしれないし、システム音を問い詰めるのはその時だ」

小さく笑いながらそう零《こぼ》した俺は、踵《きびす》を返し隔絶の魔塔に背を向ける。

そして新しい未来を見据えるためにしっかりと顔を上げ、前に向かって歩き出し――

――そして俺は、彼女に出会った。


輝きを纏う美しい白銀の長髪が、歩を進めるごとに力強く靡《なび》く。

雪のように繊細な白い肌に、海を閉じ込めたかのような深い蒼色《あおいろ》の瞳。

そんな彼女の姿に、俺は目を奪われた。

踏み出した足は、いつの間にか動きを止めている。

彼女は迷うことなくこちらにやってくる。

そして俺の少し手前で立ち止まると、小さく口を開いた。

「あなたが、天音《あまね》凛《りん》さんですね？」

「――」

名を呼ばれたことに驚き、言葉を失ってしまう。

だが、俺の反応など関係ないという風に彼女は続ける。

「こんなところで会えるとは思っていませんでしたが、これは嬉《うれ》しい誤算ですね」

そんな前置きの後、彼女は小さく笑い――

「私はクレアと申します。天音さん——あなたに会いに来ました」

——そう、告げるのだった。

それからずっと先の未来。
俺は何度だって思い返すことになる。
クレアと名乗った、この少女との出会い。
それがどれだけ大きな意味を持っていたのかを。
かくして、長い長いプロローグは幕を閉じる。
そして——

——この瞬間から、俺たちの物語は加速する。

Rin Amane
天音凛
Rin Amane
LEVEL
13617
SP 8710
STATUS
HP 106680
MP 29490
攻撃力 25450
耐久力 21480
速度 26620
知力 21160
抵抗力 21240
幸運 20220
ACHIEVEMENT
ダンジョン踏破者(10/10)
無名の剣豪
終焉を齎す者(ERROR)
賢者を越えし者
SKILL
ダンジョン内転移 LV 20(瞬間転移)
身体強化 LV MAX
剛力 LV MAX
金剛力 LV MAX
高速移動 LV MAX
疾風 LV MAX
起死回生 LV 1
浄化魔法 LV 1
魔力上昇 LV MAX
魔力回復 LV 2
索敵 LV 4
隠密 LV 4
状態異常耐性 LV 4
鑑定
アイテムボックス LV 5
隠蔽 LV 1
纏壁 LV 1
略奪者 LV 1

あとがき

読者の皆様、お久しぶりです。八又《やまた》です。

再びこの作品を手に取っていただき、まことにありがとうございます。

この二巻では、エクストラダンジョン【隔絶の魔塔】の出現や、本格的な対人戦といった新たな要素が出てきています。ただレベルアップするだけに留《とど》まらず、新たなスキルや武器、経験を得て凄《すさ》まじい勢いで成長していく凛《りん》。そんな凛の活躍を見て、皆様が少しでも楽しんでいただけたなら作者冥利に尽きます。

さらに本巻ではダンジョンに関する謎が増えるなど、世界感も広がりを見せています。今後どういった展開になっていくのか、楽しみにお待ちいただければ幸いです。

また本作のコミカライズが月刊少年エースにて連載中です。漫画家は鈴《すず》見《み》敦《あつし》先生で、素晴らしい出来に仕上げてくれています。こちらもどうぞよろしくお願いいたします！

最後に。一巻に引き続き、本作を共に作り上げてくれた担当編集のＳさん。最高にかっこいい素敵なイラストを描いてくださったｆａｍｅさん。本作の宣伝にご協力いただいた皆様。この本を世に出すために尽力くださった関係者の方々。そして、Ｗｅｂ版や一巻から応援してくれている読者の皆様に心よりお礼申し上げます。

本当にありがとうございました。

それでは、また皆様とお会いできるのを楽しみにしています。

八又ナガト

世《せ》界《かい》最《さい》速《そく》のレベルアップ2

著　八又《やまた》ナガト

角川スニーカー文庫　22764

2021年8月1日　初版発行

発行者　青柳昌行

発　行　株式会社KADOKAWA
〒102-8177 東京都千代田区富士見2-13-3
電話　0570-002-301（ナビダイヤル）

印刷所　株式会社暁印刷
製本所　本間製本株式会社

◇◇◇

●お問い合わせ
https://www.kadokawa.co.jp/（「お問い合わせ」へお進みください）
※内容によっては、お答えできない場合があります。
※サポートは日本国内のみとさせていただきます。
※Japanese text only

Printed in Japan　ISBN 978-4-04-111124-6　C0193

★ご意見、ご感想をお送りください★

〒102-8177 東京都千代田区富士見 2-13-3
株式会社KADOKAWA　角川スニーカー文庫編集部気付
「八又ナガト」先生
「fame」先生

[スニーカー文庫公式サイト] ザ・スニーカーWEB　https://sneakerbunko.jp/

角川文庫発刊に際して

角川源義

第二次世界大戦の敗北は、軍事力の敗北であった以上に、私たちの若い文化力の敗退であった。私たちの文化が戦争に対して如何に無力であり、単なるあだ花に過ぎなかったかを、私たちは身を以て体験し痛感した。西洋近代文化の摂取にとって、明治以後八十年の歳月は決して短かすぎたとは言えない。にもかかわらず、近代文化の伝統を確立し、自由な批判と柔軟な良識に富む文化層として自らを形成することに私たちは失敗して来た。そしてこれは、各層への文化の普及滲透を任務とする出版人の責任でもあった。

一九四五年以来、私たちは再び振出しに戻り、第一歩から踏み出すことを余儀なくされた。これは大きな不幸ではあるが、反面、これまでの混沌・未熟・歪曲の中にあった我が国の文化に秩序と確たる基礎を齎らすためには絶好の機会でもある。角川書店は、このような祖国の文化的危機にあたり、微力をも顧みず再建の礎石たるべき抱負と決意とをもって出発したが、ここに創立以来の念願を果すべく角川文庫を発刊する。これまで刊行されたあらゆる全集叢書文庫類の長所と短所とを検討し、古今東西の不朽の典籍を、良心的編集のもとに、廉価に、そして書架にふさわしい美本として、多くのひとびとに提供しようとする。しかし私たちは徒らに百科全書的な知識のジレッタントを作ることを目的とせず、あくまで祖国の文化に秩序と再建への道を示し、この文庫を角川書店の栄ある事業として、今後永久に継続発展せしめ、学芸と教養との殿堂として大成せんことを期したい。多くの読書子の愛情ある忠言と支持とによって、この希望と抱負とを完遂せしめられんことを願う。

一九四九年五月三日